PENGUIN EDITION

Große Emotionen, große Dramen, große Abenteuer – von Austen bis Fitzgerald, von Flaubert bis Zweig. Ein Bücherregal ohne Klassiker ist wie eine Welt ohne Farbe.

Fjodor Michailowitsch Dostojewski (1821–1881) war das zweite von acht Kindern einer verarmten Adelsfamilie aus Moskau. Vier Jahre Zwangsarbeit wegen revolutionärer Umtriebe prägten sein Leben ebenso wie seine Spielleidenschaft und daraus resultierende Geldsorgen. Neben neun Romanen verfasste Dostojewski ab 1846 zahlreiche Erzählungen, Novellen und Essays.

«Hinter dem vermeintlichen Witz stehen die Dramen des Lebens … ein überragender Menschenbeobachter, der die Groteske nutzt, um das Tragische erträglicher zu machen.» *Viktor Funk, Frankfurter Rundschau*

«Einer der größten Schriftsteller aller Zeiten als anarchistischer Komödiant.» *Jan Küveler, Literarische Welt*

Fjodor M. Dostojewski

EIN KLEINER HELD

Aus dem Russischen von
Christiane Pöhlmann

Mit einem Nachwort von
Eckhard Henscheid

PENGUIN VERLAG

Sollte diese Publikation Links auf Webseiten Dritter enthalten,
so übernehmen wir für deren Inhalte keine Haftung,
da wir uns diese nicht zu eigen machen, sondern lediglich
auf deren Stand zum Zeitpunkt der Erstveröffentlichung verweisen.

FSC www.fsc.org MIX Papier aus verantwortungsvollen Quellen FSC® C014496

Klimaneutral Druckprodukt ClimatePartner.com/14044-1912-1001

Penguin Random House Verlagsgruppe FSC® N001967

1. Auflage 2021

Umschlaggestaltung: Regg Media in Adaption der traditionellen
Penguin Classics Triband-Optik aus England
Satz: Greiner & Reichel, Köln
Druck und Bindung: GGP Media GmbH
Printed in Germany
ISBN 978-3-328-10825-2
www.penguin-verlag.de

ROMAN IN NEUN BRIEFEN

I

Pjotr Iwanytsch[1] an Iwan Petrowitsch

Gnädiger Herr und allerteuerster Freund,
bester Iwan Petrowitsch!

Also, nun jage ich, um es einmal so auszudrücken, schon volle drei Tage hinter Ihnen her, mein allerteuerster Freund, habe ich mit Ihnen doch eine Frage von höchster Dringlichkeit zu erörtern, treffe Sie aber nirgends an. Meine liebe Frau erlaubte sich gestern, als wir unserem guten Semjon Alexejitsch unsere Aufwartung machten, gar einen Scherz auf Ihre Kosten, indem sie bemerkte, Sie beide, also Sie, mein Freund, und Ihre Tatjana Petrowna, gäben unterdessen ein rechtes Vagabundenpaar ab: Noch keine drei Monate verheiratet, und schon retirieren Sie von Heim und Herd. Wir haben schallend gelacht – aus reinster, aufrichtigster Zuneigung Ihnen gegenüber, versteht sich –, indes, mein unschätzbarster Freund, Sie haben mir nicht nur die Gelegenheit gegeben, herzhaft zu lachen, sondern mir auch ordentlich die Füße wund zu laufen. Da sagt mir Semjon Alexejitsch, bestimmt seien Sie im Klubraum der «Vereinigten Gesellschaft», wegen des Balls. Lasse ich also meine Frau bei der Gemahlin Semjon Alexejitschs zurück, um allein in die «Vereinigte Gesellschaft» zu sausen. Wenn's nicht zum Heulen wäre, würd ich ja grad drüber lachen! Denn malen Sie sich doch meine Lage aus: Ich allein auf dem Ball, ganz ohne meine Frau! Iwan Andrejitsch, dem ich im Foyer in die Arme lief, hat bei meinem Anblick denn auch prompt geschlussfolgert, eine merkwürdige Leidenschaft für Tanzveranstaltungen habe mich gepackt, und mich beim Ärmel gefasst und wollte mich schon zu einem Tanzball der Jugend schleifen, wobei er in einem fort versicherte, er bekomme in der «Vereinigten Gesellschaft» keine Luft, ein junger Mensch wie er könne sich hier nicht austoben und dass ihm von all dem Patschuli und Reseda[2] schon der Kopf schmerze. Ich entdecke weder Sie noch Tatjana Petrowna. Da behauptet Iwan Andrejitsch steif und fest und schwört sogar, dass Sie ganz bestimmt im Alexandra-Theater[3] seien, um sich «Verstand schafft Leiden» anzusehen.

Sause ich also ins Alexandra-Theater: Da sind Sie aber auch nicht. Heute Morgen habe ich mir dann gedacht, dass ich Sie bei Tschistoganow finde – aber auch da keine Spur von Ihnen. Tschistoganow schickt mich zu den Perepalkins – und wieder nichts. Kurz und gut, ich war völlig am Ende. Aber sagen Sie selbst, ist das ein Wunder nach all der Rennerei?! Jetzt schreibe ich Ihnen (etwas anderes bleibt mir ja nicht übrig!). Mein Anliegen ist beileibe nicht literarischer Natur (Sie verstehen). Besser ließe sich das alles unter vier Augen klären, denn ich habe dringend einiges mit Ihnen zu besprechen, noch dazu möglichst bald, weshalb ich Sie und Tatjana Petrowna heute zum Tee und auf eine kleine abendliche Unterhaltung zu mir bitten möchte. Meine liebe Anna Michailowna wird von Ihrem Besuch über die Maßen erfreut sein. Und ich wäre Ihnen aufrichtig oder, wie man so sagt, bis ins Grab verbunden.

Ganz nebenbei, mein unschätzbarster Freund, wo ich nun schon einmal zur Feder gegriffen habe, noch zwei Worte mehr, sehe ich mich doch gezwungen, Sie ein wenig zu schelten, nein, sogar zu tadeln, mein höchstverehrter Freund, wegen eines, wie ich vermute, ausgesprochen unschuldigen kleinen Schabernacks, mit dem Sie sich einen Scherz auf meine Kosten erlaubt haben … Sie Schurke und gewissenloser Mensch, Sie! Etwa Mitte letzten Monats führen Sie einen Ihrer Bekannten, genauer Jewgeni Nikolajitsch, in mein Haus ein, den Sie mir mit Ihrer freundschaftlichen und ebendeshalb für mich hochheiligen Rekommandation anempfehlen. Ich freue mich über das neue Gesicht in unserem Kreis, nehme den jungen Herrn mit offenen Armen auf – und lege mir damit freiwillig die Schlinge um den Hals. Doch Schlinge hin oder her, jedenfalls stellte sich die ganze Angelegenheit am Ende als – anders kann man es nicht bezeichnen – starkes Stück heraus. Ich habe jetzt keine Zeit, die Sache zu erklären, obendrein liegt mir die Feder nicht, deshalb habe ich nur diese allerbescheidenste Bitte an Sie, mein schadenfroher Freund und Herzensbruder, ob Sie diesem jungen Herrn nicht höchst taktvoll und ganz und gar beiläufig einmal leise in sein gepflegtes Öhrchen flüstern könnten, dass es in unserer Hauptstadt neben dem meinen noch zahlreiche andere Häuser gibt. Ich bin am Ende meiner Kräfte, mein Freund! Ich habe die Ehre, mich vorzuwerfen,[4] wie es unser guter alter Simoniewicz ausdrückt. Sobald wir uns sehen, werde ich Ihnen alles darlegen. Damit will ich nicht andeuten, der junge Mann habe beispielsweise keine Manieren oder geistigen Qualitäten oder habe sich sonst irgendetwas zuschulden kommen lassen. Im Gegenteil, er ist ein ganz und gar liebenswerter und freundlicher Bursche. Näheres, wenn wir uns sehen. Falls Sie, mein höchstverehrter Freund, ihm jedoch unterdessen begegnen, dann flüstern Sie ihm bei Gott meinen Hinweis ein. Ich würde es selbst tun, aber Sie wissen, wie es um meinen Charakter bestellt ist: Ich kann es nicht, Punktum. Obendrein haben Sie ihn empfohlen. Im Übrigen werden wir heute Abend unbedingt alles genauestens besprechen. Doch nun leben Sie wohl. Der Ihre und dergl.

PS: Mein Kleiner kränkelt bereits seit einer Woche, und mit jedem Tag wird es schlimmer und schlimmer. Die Zähne plagen ihn, sie brechen gerade durch. Meine Frau umsorgt ihn in einem fort und ist schon gänzlich bekümmert, die Arme. Besuchen Sie uns nur! Sie würden uns eine aufrichtige Freude bereiten, mein allerteuerster Freund.

II

Iwan Petrowitsch an Pjotr Iwanytsch

Gnädiger Herr,
guter Pjotr Iwanytsch!

Gestern bekomme ich Ihren Brief, lese ihn und staune. Sie suchen mich an Gott weiß welchen Orten, während ich schlicht zu Hause war. Bis zehn Uhr morgens habe ich auf Iwan Iwanytsch Tolokonow gewartet. Dann schnappe ich mir meine Frau, miete einen Kutscher, stürze mich in Unkosten und erscheine etwa um halb sieben bei Ihnen. Sie sind nicht zu Hause, doch Ihre Gemahlin empfängt uns. Ich warte bis halb elf auf Sie, länger ging es nicht. Ich schnappe mir meine Frau, stürze mich in Unkosten, miete einen Kutscher, setze sie zu Hause ab und fahre selbst weiter zu den Perepalkins, in der Annahme, Sie dort anzutreffen, doch auch diesmal habe ich mich verrechnet. Daraufhin fahre ich nach Hause, mache die ganze Nacht kein Auge zu, weil ich mich um Sie sorge, fahre gleich am nächsten Morgen drei Mal bei Ihnen vorbei, um neun, um zehn und um elf Uhr, stürze mich drei Mal in Unkosten, miete Kutscher, und abermals lassen Sie mich als den Gelackmeierten dastehen.

Nachdem ich Ihren Brief gelesen hatte, konnte ich mich nur wundern. Sie schreiben mir von Jewgeni Nikolajitsch und bitten mich, ihm etwas einzuflüstern, verlieren aber kein Wort darüber, warum. Diskretion lobe ich mir durchaus, nur ist Papier ja wohl nicht gleich Papier, und wichtige Papiere pflege ich meiner Frau nicht für ihre Haarwickel zu überlassen. Allerdings kann ich mir ohnehin keinen Reim darauf machen, wieso Sie mir all das schreiben. Nebenbei bemerkt, wenn es gar so schlimm steht, was ziehen Sie mich dann in diese Angelegenheit hinein? Ich stecke meine Nase ja auch nicht in anderer Leute Angelegenheiten. Ihm das Haus verbieten, das können Sie selbst, aber was uns beide anbelangt, da sollten wir endlich offener und klarer miteinander reden, sonst treten wir auf der Stelle. Zudem bin ich knapp bei Kasse und weiß nicht, was tun, wenn Sie sich weiterhin über all unsere Abmachungen hinwegsetzen. Uns steht eine Reise bevor, diese Reise kostet, obendrein liegt mir meine Frau in den Ohren: Sie müsse sich noch einen samtenen Kapuzenumhang nach der neuesten Mode schneidern lassen. Was nun Jewgeni Nikolajitsch anbelangt, da versichere ich Ihnen, dass ich umgehend, gleich gestern Abend, eben als ich Pawel Semjonytsch Perepalkin meine Aufwartung machte, Erkundigungen über ihn eingeholt habe, die endgültig alle Zweifel aus dem Weg räumen: Er besitzt im Gouvernement Jaroslawl seine fünfhundert Seelen,[5] und es besteht Hoffnung, von der Großmutter noch dreihundert Seelen bei Moskau zu erhalten. Wie viel Geld er hat, weiß ich nicht, aber das dürften Sie dafür umso besser wissen. Ich bitte Sie dringend, mir einen Ort für eine Zusammenkunft zu nennen. Sie haben gestern Iwan Andrejitsch getroffen und schreiben, er habe Ihnen versichert, ich sei mit meiner Frau im Alexandra-Theater. Dazu kann ich Ihnen nur sagen, dass er lügt und man ihm in solchen Fragen ohnehin keinen Glauben schenken darf, außerdem hat er auch noch seine Großmutter vor nicht einmal drei Tagen um achthundert Rubel in Papiergeld[6] geprellt. In diesem Sinn habe ich die Ehre zu verbleiben.

PS: Meine Frau ist schwanger. Obendrein ist sie schreckhaft und zuweilen melancholisch gestimmt. Bei Theateraufführungen werden jedoch mitunter Schießereien und von Maschinen künstlich erzeugtes Donnern dargeboten. Aus Furcht, meine Frau könne also im Theater erschrecken, führe ich sie deshalb überhaupt gar nicht erst dahin aus. Und ich selbst bin auf Theateraufführungen nicht sonderlich erpicht.

III

Pjotr Iwanytsch an
Iwan Petrowitsch

Mein unschätzbarster Freund,
bester Iwan Petrowitsch!

Ich bekenne mich schuldig, schuldig und abertausendmal schuldig, will aber hurtig einiges zu meiner Entlastung vorbringen. Gestern kommt in der sechsten Abendstunde und damit genau zu der Zeit, als wir Ihrer mit aufrichtiger Herzensrührung gedachten, ein vom lieben Onkel

Stepan Alexejitsch geschickter Kurier mit der Nachricht zu uns gestürmt, es stehe schlecht um unser Tantchen. Ich möchte meine Frau selbstverständlich nicht in Angst und Schrecken versetzen, sage ihr also kein Wort, sondern schütze ein unaufschiebbares Geschäft vor und fahre zu Tantchens Haus. Ich finde sie halb tot vor. Exactement um fünf Uhr hatte sie der Schlag getroffen, bereits der dritte in zwei Jahren. Karl Fjodorytsch, ihr Arzt, erklärte, sie werde die Nacht aller Wahrscheinlichkeit nach nicht überleben. Vergegenwärtigen Sie, mein allerteuerster Freund, sich doch nur meine Lage: Die ganze Nacht bin ich auf den Beinen, renne mir die Füße wund und vergehe vor Kummer. Erst gegen Morgen legte ich mich, am Ende meiner Kräfte und körperlich wie seelisch gänzlich ermattet, bei ihnen auf den Diwan, vergaß aber, darum zu bitten, dass man mich rechtzeitig weckt, und wachte erst um halb zwölf wieder auf. Dem Tantchen geht es besser. Also fahre ich zu meiner Frau. Sie, die Arme, ist nach all der Warterei auf mich wie gerädert. Ich nahm einen Happen zu mir, herzte unseren Sonnenschein, beschwichtigte meine Frau und fuhr zu Ihnen. Sie sind nicht zu Hause. Dafür treffe ich bei Ihnen Jewgeni Nikolajitsch an. Stehenden Fußes kehre ich nach Hause zurück, greife zur Feder und schreibe Ihnen nun. Zürnen und grollen Sie mir nicht, mein aufrichtiger Freund! Schlagen Sie mich, hauen Sie mir armem Sünder den Kopf ab, aber entziehen Sie mir nicht Ihr Wohlwollen. Wie ich von Ihrer Gemahlin erfuhr, sind Sie heute Abend bei den Slawjanows. Ich werde mich ganz bestimmt einfinden. Dort erwarte ich Sie mit größter Ungeduld.

Vorerst jedoch der Ihre usw.

PS: Unser Kleiner treibt uns in grenzenlose Verzweiflung. Karl Fjodorytsch hat ihm jetzt Rhabarber verschrieben. Das Kind greint, gestern hat es niemanden mehr erkannt. Heute erkennt der Kleine uns immerhin langsam wieder und brabbelt die ganze Zeit über Papa, Mama, buh ... Meine Frau ist schon den ganzen Morgen in Tränen aufgelöst.

IV

Iwan Petrowitsch an Pjotr Iwanytsch

Mein gnädiger Herr, guter Pjotr Iwanytsch!

Ich schreibe in Ihrem eigenen Haus an Sie, in Ihrem Zimmer sitzend, an Ihrem Schreibtisch. Und bevor ich überhaupt zur Feder gegriffen habe, habe ich gut zweieinhalb Stunden auf Sie gewartet. Erlauben Sie mir deshalb, Ihnen, Pjotr Iwanytsch, ganz unverblümt meine offene Meinung bezüglich dieses kleinlichen Getues zu sagen. Wie ich Ihrem letzten Brief entnehme, wurden Sie bei den Slawjanows erwartet und bestellten auch mich dorthin, weshalb ich erscheine und dort fünf Stunden herumsitze, ohne dass Sie auftauchen. Habe ich es

Ihrer Meinung nach vielleicht nötig, in dieser Weise für irgendjemand den Possenreißer zu spielen?! In dem Fall muss ich doch sehr bitten, mein gnädiger Herr … Ich erscheine also am Morgen bei Ihnen, in der Hoffnung, Sie zu erwischen, denn ich ahme gewiss nicht die Gepflogenheiten manch heuchlerischer Personen nach, die Leute an Gott weiß welchen Orten suchen, wenn sie doch zu jeder schicklich gewählten Zeit zu Hause anzutreffen wären. Bei Ihnen zu Hause nicht die geringste Spur von Ihnen. Keine Ahnung, was mich jetzt daran hindert, Ihnen die ungeschminkte Wahrheit ins Gesicht zu sagen. Stattdessen begnüge ich mich damit, festzustellen, dass Sie anscheinend nicht gewillt sind, unsere getroffenen Verabredungen einzuhalten. Und nun, wo ich das Ganze durchschaut habe, muss ich zugeben, dass mich Ihre durchtriebene Gesinnung geradezu erschüttert. Für mich steht jetzt außer Frage, dass Sie seit Langem Missgunst gegen mich hegen. Zum Beweise dieser Vermutung lässt sich anführen, dass Sie noch in der letzten Woche in nahezu unverzeihlicher Weise jenen Brief, den Sie an mich adressiert hatten und in dem Sie selbst, wenn auch in Ihrer recht vagen und verschwurbelten Art, unsere Abmachungen bezüglich jener Ihnen bestens bekannten Angelegenheit erläuterten, wieder an sich brachten. Sie misstrauen Schriftstücken und vernichten sie, lassen mich auf diese Weise aber wie einen Einfaltspinsel dastehen. Nur gestatte ich nicht, mich als Einfaltspinsel abzustempeln, denn das hat bisher noch niemand getan, und im Zusammenhang mit besagter Angelegenheit denken alle das Beste von mir. Allerdings sehe ich nun klar: Sie führen mich an der Nase herum, machen mich mit diesem Jewgeni Nikolajitsch ganz kirre, und wenn ich mich endlich mit Ihnen aussprechen möchte, denn Ihr Brief vom Siebten diesen Monats[7] ist mir nach wie vor ein Rätsel, dann bestellen Sie mich zu erlogenen Zusammenkünften ein und tauchen selbst nicht auf. Was, gnädiger Herr, glauben Sie eigentlich, mit wem Sie es zu tun haben?! Sie beteuern, sich für gewisse Gefälligkeiten, die ich Ihnen mit der Rekommandation verschiedener Personen erwiesen habe, erkenntlich zeigen zu wollen, richten es dabei aber – und ohne dass klar wäre, wie – so ein, dass Sie erst in der letzten Woche eine Unsumme von mir borgen, noch dazu ohne Schuldschein. Daraufhin tauchen Sie, das Geld in der Tasche, unter und leugnen sogar, dass ich Ihnen mit Jewgeni Nikolajitsch eine Gefälligkeit erwiesen habe. Möglicherweise hoffen Sie ja auf meine baldige Abreise nach Simbirsk[8] und rechnen sich aus, wir würden uns vorher nicht mehr ins Benehmen setzen. In dem Fall erkläre ich Ihnen jedoch feierlich und bezeuge dies sogar mit meinem Ehrenwort, dass ich nötigenfalls fest entschlossen bin, noch zwei Monate in Petersburg[9] zu bleiben, dass ich mein Anliegen bis zum Schluss verfolgen, mein Ziel erreichen und Sie finden werde. Auch unsereins kann nämlich anders. Lassen Sie mich Ihnen abschließend noch versichern, dass ich mich – sollten Sie sich mir nicht noch heute in zufriedenstellender Weise erklären, und zwar zunächst schriftlich, dann auch mündlich, von Angesicht zu Angesicht, und sollten Sie in Ihrem Brief nicht noch einmal alle wesentlichen Abmachungen, die zwischen uns bestehen, festhalten und sollten Sie mir schließlich nicht klar und deutlich Ihre Absichten bezüglich Jewgeni Nikolajitschs darlegen ... dass ich mich dann gezwungen sehe, Maßnahmen zu ergreifen, die für Sie äußerst nachteilig und mir selbst durchaus zuwider wären.

Gestatten Sie zu verbleiben usw.

V

Pjotr Iwanytsch an
Iwan Petrowitsch

11. November

Mein liebenswertester, höchstverehrter Freund,
bester Iwan Petrowitsch!

Ihr Brief hat mich bis tief ins Mark erschüttert. Und schämen sollten Sie sich, mein teurer, aber ungerechter Freund, Ihren besten Wohltäter so zu behandeln. Voreilige Schlüsse ziehen Sie, in vagen Andeutungen ergehen Sie sich, ja, am Ende beleidigen Sie mich gar mit niederträchtigen Unterstellungen! Gleichwohl will ich hurtig zu Ihren Beschuldigungen Stellung nehmen. Sie, bester Iwan Petrowitsch, haben mich gestern deswegen nicht zu Hause angetroffen, weil ich plötzlich und völlig überraschend an ein Sterbebett gerufen wurde. Unser Tantchen Jewfimija Nikolawna verschied gestern Abend, exactement um elf Uhr. Nach einstimmigem Beschluss aller Verwandten bin ich zum Zeremonienmeister für die schmerzlichen und betrüblichen Feierlichkeiten auserkoren worden. Ich hatte also alle Hände voll zu tun, sodass es mir unmöglich war, Sie heute Morgen zu treffen oder Sie auch nur mit einer Briefzeile in Kenntnis zu setzen. Dieses Missverständnis zwischen uns bereitet mir jedoch größte Seelenpein. Sie haben die von mir nur im Scherz und beiläufig dahingesagten Worte über Jewgeni Nikolajitsch völlig in den falschen Hals bekommen und mir in der ganzen Angelegenheit Absichten unterstellt, die mich zutiefst beleidigen. Sie erwähnen jenes Geld und äußern im Zusammenhang damit Ihre Besorgnis. Ich aber bin – ohne jedes Wenn und Aber – bereit, sämtliche Ihrer Wünsche und Forderungen zu erfüllen, obwohl ich Sie, ganz nebenbei, in diesem Zusammenhang daran erinnern muss, dass ich jenes Geld, jene dreihundertundfünfzig Silberrubel, in der letzten Woche von Ihnen aufgrund gewisser Abmachungen erhalten und nicht etwa geliehen habe. In letzterem Falle gäbe es nämlich unweigerlich einen Schuldschein. Zu Erklärungen bezüglich der anderen in Ihrem Brief genannten Punkte lasse ich mich indes nicht herab. Diese rühren von einem Missverständnis, von Ihrer üblichen Überstürztheit, Ihrer Hitzköpfigkeit und Unverblümtheit her, das steht für mich außer Frage. Ebenso weiß ich, dass Ihre Seelengüte und Ihre offene Art es Ihnen verbieten, im Herzen Zweifel an mir zu nähren, und dass Sie mir schließlich als Erster die Hand reichen werden. Denn Sie haben einen Fehler begangen, Iwan Petrowitsch, einen großen Fehler!

Ungeachtet dessen, dass Ihr Brief mir tiefen Schmerz zugefügt hat, wäre ich jedoch der Erste, der noch heute bereit wäre, mich mit einem Schuldeingeständnis bei Ihnen einzufinden, doch renne ich mir eben seit dem gestrigen Tage die Füße wund, sodass ich mittlerweile völlig erschlagen bin und mich kaum noch auf den Beinen halten kann. Als wäre dies nicht Unglück genug, liegt nun auch noch meine liebe Frau danieder; ich fürchte, es ist eine schlimme Krankheit. Was den Kleinen anbelangt, so geht es ihm Gott sei Dank besser. Doch genug der Worte … die Pflichten rufen, und zwar im Chor.

Gestatten Sie, mein unschätzbarster Freund, daher zu verbleiben und dergl.

VI

Iwan Petrowitsch an Pjotr Iwanytsch

14. November

Mein gnädiger Herr, guter Pjotr Iwanytsch!

Drei Tage lang habe ich gewartet. Sie nicht nutzlos verstreichen zu lassen, darum war ich trotz allem bemüht, während ich mich zugleich – weil ich doch weiß, dass

Höflichkeit und Anstand die erste Zier eines jeden Menschen sind – bei Ihnen seit Ihrem letzten Brief vom zehnten diesen Monats mit keinem Wort, mit keiner Geste in Erinnerung gebracht habe, dies teilweise deshalb, weil ich Ihnen Gelegenheit geben wollte, ungestört Ihrer Christenpflicht gegenüber Ihrem Tantchen nachzukommen, teilweise weil es für einige Kalkulationen und Erkundigungen in der gewissen Angelegenheit nun einmal Zeitbedarf bedurfte. Jetzt drängt es mich aber, mich mit Ihnen abschließend und fest entschlossen ins Benehmen zu setzen.

Ich gestehe Ihnen ganz offen, dass ich beim Lesen Ihrer ersten beiden Briefe ernsthaft gedacht habe, Sie hätten überhaupt nicht begriffen, was ich will. Genau deshalb habe ich ja so auf eine Zusammenkunft mit Ihnen und eine Aussprache von Angesicht zu Angesicht gedrängt, denn die Feder lag mir noch nie, und ich weiß ganz genau, dass ich meine Gedanken nur mit vager Klarheit zu Papier bringe. Sie wissen genau, dass ich keine Erziehung und keine guten Manieren besitze und dass leeres, aber wohltönendes Geschwätz nicht meine Art ist, weil bittere Erfahrung mich schließlich gelehrt hat, wie trügerisch mitunter das Äußere ist und dass Blumen manchmal ein Schlangenherz überdecken.[10] Nur haben Sie mich sehr wohl verstanden. Wenn Sie mir nicht in gebührender Weise geantwortet haben, dann deshalb, weil Sie mit Ihrer treulosen Seele von vornherein beabsichtigten, Ihr Ehrenwort und unsere freundschaftlichen Beziehungen zu brechen. Durch Ihr widerwärtiges Verhalten, das Sie mir gegenüber in der letzten Zeit an den Tag legten, haben Sie das endgültig unter Beweis gestellt, im Übrigen ein Verhalten, das für meine eigenen Interessen den Tod bedeutet hat, das ich Ihnen nie zugetraut hätte und das ich bis zu dieser Minute nicht glauben wollte. Denn gleich zu Beginn unserer Bekanntschaft haben mich Ihre klugen Manieren, Ihr taktvoller Umgang mit anderen, Ihre Geschäftstüchtigkeit und auch die Vorteile, die mir die Verbindung mit Ihnen womöglich zu bringen versprach, völlig bestrickt, und ich vermutete, dass ich in Ihnen einen aufrichtigen Freund, Gefährten und Wohltäter gefunden hatte. Jetzt ist mir allerdings ganz klar geworden, dass es viele Menschen gibt, die hinter ihrem schmeichlerischen und glänzenden Äußeren nur das Gift in ihrem Herzen verbergen und ihren Verstand einzig dazu gebrauchen, Ränke gegen ihren besten Gefährten zu schmieden, diesen in unverzeihlicher Weise zu betrügen und ebendeshalb Papier und Feder misstrauen, während sie ihre Rede nicht zum Frommen von Freund und Vaterland einsetzen, sondern um den Verstand all derjenigen, die sich mit ihnen in unterschiedliche Geschäfte und auf gewisse Abmachungen eingelassen haben, zu betören und einzulullen. Wie treulos Sie, mein gnädiger Herr, sich mir gegenüber verhalten haben, lässt sich aus Nachfolgendem klar ersehen.

Erstens, als ich Ihnen, mein gnädiger Herr, in meinem Brief mit eindeutigen und unmissverständlichen Formulierungen meine Lage geschildert und Sie gleichzeitig in meinem ersten Schreiben gefragt habe, was Sie unter bestimmten Formulierungen verstanden wissen möchten und was vornehmlich in Bezug auf Jewgeni Nikolajitsch Ihre Absichten seien, da haben Sie es im Großen und Ganzen darauf angelegt, sich in Schweigen zu hüllen, mich dann mit Ihren Verdächtigungen und Zweifeln zu ärgern und anschließend so zu tun, als sei die Sache erledigt. Nächster Punkt: Nachdem Sie sich dann mit mir Dinge erlaubt haben, die beim Namen zu nennen jeder Anstand verbietet, schrieben Sie mir, dass Sie von mir enttäuscht seien. Wie, mein gnädiger Herr, soll man das bitte nennen? Nächster Punkt: Als für mich jede Minute zählte und als Sie mich zwangen, Ihnen von einem Ende zum andern durch die ganze Hauptstadt nachzujagen, da schrieben Sie mir unter der Maske der Freundschaft Briefe, in denen Sie, während Sie sich über unsere Sache stur ausschwiegen, auf völlig nebensächliche Dinge zu sprechen kamen, nämlich auf die Krankheit Ihrer in jedem Fall von mir geschätzten Gemahlin und darauf, dass Sie Ihrem Sonnenschein Rhabarber gegeben haben, weil bei ihm wohl ein Zahn durchbreche. All dies haben Sie in jedem Ihrer Briefe mit widerwärtiger und für mich geradezu beleidigender Regelmäßigkeit erwähnt. Selbstverständlich räume ich jederzeit ein, dass das Leid des eigenen Kindes die Seele des Vaters zerfleischt – aber warum darauf herumreiten, wenn man eigentlich von völlig anderen, weitaus dringenderen und interessanteren Dingen sprechen müsste? Zu alldem habe ich geschwiegen und es ertragen. Da aber auch das nichts geändert hat, halte ich es für meine Pflicht, mein

Schweigen zu brechen. Vor allem weil Sie mich wiederholt treulos betrogen haben, indem Sie mich zu erlogenen Zusammenkünften einbestellt und mich damit ganz offensichtlich gezwungen haben, die Rolle Ihres Narren und Possenreißers zu spielen, was aber nie meine Absicht war. Nächster Punkt: Nachdem Sie mich also erst zu sich eingeladen und mich dann nach allen Regeln der Kunst versetzt haben, berichten Sie mir, dass Sie zu Ihrem leidenden Tantchen gerufen worden seien, die exactement um fünf Uhr der Schlag getroffen habe, wie Sie mir entschuldigend und mit peinlicher Genauigkeit erklären. Glücklicherweise, mein gnädiger Herr, konnte ich in diesen drei Tagen jedoch einige Auskünfte einholen, und aus denen geht hervor, dass der Schlag Ihr Tantchen bereits am Vorabend des Achten dieses Monats getroffen hat, kurz vor Mitternacht. Dies zeigt mir klar, dass Sie die Heiligkeit verwandtschaftlicher Beziehungen missbraucht haben, um gänzlich außenstehenden Menschen etwas vorzumachen. Schließlich erwähnen Sie in Ihrem letzten Brief den Tod Ihrer Verwandten in einer Weise, als habe sich dieser genau zu der Zeit zugetragen, als ich bei Ihnen erscheinen sollte, damit wir gewisse Fragen besprechen. Hier nun schert sich die Widerwärtigkeit Ihres Kalküls und Ihrer Phantastereien noch nicht einmal mehr um Glaubwürdigkeit, weiß ich doch aus zuverlässigen Quellen, die ich aufgrund eines überaus glücklichen Zufalls und vor allem gerade noch zu rechter Zeit befragen konnte, dass Ihr Tantchen exactement vierundzwanzig Stunden nach dem von Ihnen auf so gottlose Weise in Ihrem Brief für ihr Ableben genannten Tag gestorben ist. Wollte ich alle Anzeichen aufzählen, die mir Ihre Treulosigkeit mir gegenüber deutlich gemacht haben, ich würde gar kein Ende finden! Jedenfalls dürfte auch einem unvoreingenommenen Beobachter schon ausreichen, dass Sie mich in jedem Ihrer Briefe als Ihren aufrichtigen Freund bezeichnen und mich mit den herzlichsten Anreden bedenken, was Sie meiner Ansicht nach jedoch für keinen anderen Zweck taten als den, mein Empfinden für Sitte und Anstand einzulullen.

Ich komme jetzt zu Ihrem größten Betrug und Ihrer größten Treulosigkeit an mir, nämlich: Ihr andauerndes Schweigen in der letzten Zeit zu allem, was unser gemeinsames Interesse anbelangt, Ihr gottloser Raub jenes Briefes, in dem Sie, wenn auch vage und nicht immer verständlich, unsere einvernehmlichen Abmachungen und Übereinkünfte festhielten, Ihre barbarische Art, mir, Ihrem gleichberechtigten Associé, rabiat dreihundertundfünfzig Silberrubel ohne Schuldschein abzunehmen, und schlussendlich Ihre ganz widerwärtige Verleumdung unseres gemeinsamen Bekannten Jewgeni Nikolajitsch. Ganz klar sehe ich jetzt, dass Sie mir beweisen wollten, dass von ihm, wenn Sie den Ausdruck gestatten, wie von einem Bock keine Milch zu holen sei, man aus ihm nicht schlau werde, er weder Fisch noch Fleisch sei, worüber Sie sich in Ihrem Brief vom Sechsten diesen Monats denn ja auch tüchtig mokieren. Ich kenne Jewgeni Nikolajitsch aber als bescheidenen und wohlgesitteten jungen Mann, ebendadurch kann er ja für sich einnehmen, ebendadurch kann er die Anerkennung der Gesellschaft suchen und sogar verdienen. Darüber hinaus weiß ich, dass Sie im Laufe von geschlagenen zwei Wochen jeden Abend einige Zehner, manchmal sogar bis zu hundert Silberrubel, in Ihre Taschen gestopft haben, während Sie mit Jewgeni Nikolajitsch Karten spielten. Jetzt streiten Sie all das ab und weigern sich nicht nur, sich mir gegenüber für meine Bemühungen erkenntlich zu zeigen, sondern erdreisten sich sogar, mein eigenes Geld einzubehalten, nachdem Sie mich vorab schon als gleichberechtigten Associé tituliert hatten und mir allerlei Gewinn versprachen, den ich als Sozius noch bekäme. Nachdem Sie sich nun auf ungesetzliche Weise mein und Jewgeni Nikolajitschs Geld angeeignet haben, verweigern Sie mir also den Dank und greifen stattdessen allen Ernstes zu einer Verleumdung, um – wie ich meine: völlig ungerechtfertigt – denjenigen anzuschwärzen, den ich mit so viel Mühe und Anstrengung in Ihr Haus gebracht habe. Ihm selbst aber können Sie, wie mir Freunde versichern, nicht genug um den Bart gehen und bezeichnen ihn in der Öffentlichkeit stets als Ihren allerengsten Freund, obwohl es weit und breit keinen solchen Narren gibt, der nicht sofort durchschauen würde, wohin Ihre Absichten zielen und was genau freundschaftliche und kameradschaftliche Beziehungen bei Ihnen zu bedeuten haben. Ja, ich will Ihnen ganz offen sagen, dass sie Verrat und Treulosigkeit bedeuten, dass es bedeutet, Sie vergessen jeden Anstand und die Menschenrechte, dass Sie Gott lästern und allerlei Lastern frönen. Nehmen Sie nur mich als Beispiel und Beweis! Womit habe ich Sie denn beleidigt, und weshalb verhalten Sie sich mir gegenüber in einer derart gottlosen Weise?

Ich komme zum Ende dieses Briefes. Meine Sache habe ich vorgetragen. Jetzt schließe ich: Wenn Sie, mein gnädiger Herr, mir nach Erhalt dieses Briefes nicht in allerkürzester Zeit vollständig erstens die Ihnen von mir ausgehändigte Summe, dreihundertundfünfzig Silberrubel, und zweitens alle mir von Ihnen in Aussicht gestellten Summen zurückerstatten, dann werde ich zu jedwedem Mittel greifen, um Sie zur Herausgabe zu zwingen, sogar zu offener Gewalt, und außerdem Schutz bei den Gesetzen suchen, und schlussendlich teile ich Ihnen hiermit mit, dass ich über einige Zeugnisse verfüge, die, auch wenn sie noch in Händen eben Ihres untertänigsten Dieners und Bewunderers ruhen, Ihren Namen in den Augen der ganzen Welt jederzeit zerstören und in den Dreck ziehen könnten.

Gestatten Sie zu verbleiben und dergl.

VII

Pjotr Iwanytsch an
Iwan Petrowitsch

15. November

Iwan Petrowitsch!

Nachdem ich Ihr ebenso rüdes wie befremdliches Schreiben erhalten hatte, wollte ich es im ersten Moment am liebsten in Stücke reißen – aber dann habe ich es doch aufbewahrt, als Kuriosum. Im Übrigen bedauere ich unsere Missverständnisse und Unannehmlichkeiten aufrichtig. Zunächst wollte ich Ihnen gar nicht antworten. Aber die Not zwingt mich. Mit ebendiesen Zeilen muss ich Ihnen nämlich mitteilen, dass es mir außerordentlich unangenehm wäre, Sie irgendwann noch einmal in meinem Haus zu sehen, Gleiches gilt für meine Frau. Sie ist schwach von Gesundheit, und Ihr Teergeruch bekommt ihr nicht.

Meine Frau übersendet Ihrer Gemahlin das Büchlein, das diese bei uns vergessen hat, «Don Quichotte von der Mancha», mit Dank. Was Ihre Galoschen anbelangt, die Sie bei Ihrem letzten Besuch bei uns vergessen haben wollen, muss ich Ihnen mit Bedauern mitteilen, dass wir sie nirgends gefunden haben. Wir suchen weiter, doch falls wir sie beim besten Willen nicht finden, kaufe ich Ihnen neue.

Im Übrigen habe ich die Ehre zu verbleiben und dergl.

VIII

Am 16. November erhält Pjotr Iwanytsch durch die Stadtpost zwei an ihn adressierte Briefe. Nachdem er den ersten geöffnet hat, entnimmt er ihm eine Notiz, ein zartrosafarbenes Blatt Papier, das mit großem Aufwand zusammengefaltet worden ist.

Die Handschrift seiner Frau. Empfänger Jewgeni Nikolajitsch, datiert vom 2. November. Sonst nichts. Pjotr Iwanytsch liest:

Liebster Eugène!

Gestern ging es überhaupt nicht. Mein Mann war den ganzen Abend zu Hause. Komme aber morgen unbedingt Punkt elf! Um halb elf bricht mein Mann nach Zarskoje[11] auf und kehrt erst um Mitternacht zurück. Ich war die ganze letzte Nacht über verärgert. Ich danke für die Zusendung all der Mitteilungen und der Korrespondenz. Was für ein Haufen Papier! Hat wirklich sie all das geschrieben? Übrigens, durchaus mit Stil. Jedenfalls danke ich Dir. O ja, Du liebst mich. Zürne mir nicht wegen gestern und, bei Gott!, komme morgen!

A.

Pjotr Iwanytsch erbricht das Siegel des zweiten Briefes.

Pjotr Iwanytsch!

Auch so hätte ich nie wieder einen Fuß in Ihr Haus gesetzt; Sie haben das Papier also umsonst beschmiert.

In der nächsten Woche fahre ich nach Simbirsk. Aber als unschätzbarster Vertrauter und liebenswertester Freund bleibt Ihnen ja Jewgeni Nikolajitsch erhalten. Ich wünsche Ihnen Glück, und zerbrechen Sie sich nicht den Kopf über die Galoschen.

IX

Am 17. November erhält Iwan Petrowitsch durch die Stadtpost zwei an ihn adressierte Briefe. Nachdem er den ersten Umschlag geöffnet hat, entnimmt er ihm eine Notiz, die fast unleserlich und übereilt hingeworfen wurde.

Die Handschrift seiner Frau. Empfänger Jewgeni Nikolajitsch, datiert vom 4. August. Sonst nichts. Iwan Petrowitsch liest:

Leben Sie wohl, ach, leben Sie wohl, Jewgeni Nikolajitsch!

Möge Gott Sie auch dafür belohnen. Seien Sie glücklich, denn mir winkt ein grausames Los; schrecklich! So war es jedoch Ihr Wille. Doch wäre meine liebe Tante nicht gewesen, ich hätte mein Schicksal in Ihre Hand gelegt. Spotten Sie nun jedoch nicht über mich oder über meine

Tante. Morgen halten wir Hochzeit. Die Tante ist froh, dass sich ein guter Mann gefunden hat, der mich auch ohne Mitgift nimmt. Ich habe ihn mir heute das erste Mal genauer angesehen. Er scheint ein wirklich guter Mann zu sein. Schon ruft man nach mir. Leben Sie wohl, ach, leben Sie wohl … mein Geliebter!! Denken Sie nur irgendwann an mich; ich jedenfalls werde Sie niemals vergessen. Leben Sie wohl. Ich unterschreibe auch diesen letzten Brief wie den ersten … Erinnern Sie sich noch?

Tatjana

Im zweiten Brief fand sich Folgendes:

Iwan Petrowitsch!

Morgen erhalten Sie von mir neue Galoschen; es gehört nicht zu meinen Gepflogenheiten, anderer Leute Eigentum zu stehlen; genauso wenig mag ich es, alle möglichen Schnipsel von den Straßen aufzuklauben.

Jewgeni Nikolajitsch bricht demnächst nach Simbirsk auf, in Geschäften seines Großvaters, und hat mich gebeten, ihm einen Reisegefährten aufzutreiben – wäre das nicht etwas für Sie?

DIE SANFTMÜTIGE

Eine phantastische Erzählung

KAPITEL 1

Vorbemerkung des Autors

Ich bitte meine Leser um Vergebung, dass ich ihnen dieses Mal anstelle des «Tagebuchs» in seiner üblichen Form nur eine Erzählung biete. Aber ebendiese Erzählung hat mich einen Großteil des Monats beschäftigt. Wie auch immer, ich bitte meine Leser um Nachsicht.

Nun zur Erzählung selbst. Ich nenne sie im Untertitel «phantastisch», obwohl ich sie in höchstem Grade für realistisch halte. Dennoch hat sie etwas Phantastisches, nämlich die Form, was ich vorab zu erläutern für nötig halte.

Bei diesem Text handelt es sich im Grunde weder um eine Erzählung noch um handschriftliche Aufzeichnungen. Man muss sich vielmehr einen Mann vorstellen, auf dessen Tisch seine Frau liegt, eine Selbstmörderin, die sich ein paar Stunden zuvor aus dem Fenster gestürzt hat. Er ist völlig aufgelöst und hat seine Gedanken noch nicht geordnet. Er läuft von einem Zimmer ins andere und versucht, den Vorfall zu begreifen, «seine Gedanken zusammenzubekommen». Davon abgesehen ist er ein notorischer Hypochonder, einer von denen, die Selbstgespräche führen. So redet er denn mit sich selbst, erzählt sich, was geschehen ist, verschafft sich *Klarheit*.

Obwohl seine Rede kohärent aufgebaut scheint, widerspricht er sich mehrfach, sowohl was die Logik als auch was die Gefühle angeht. Mal rechtfertigt er sich und klagt sie an, mal verliert er sich in nebensächlichen Explikationen: Grobheit des Kopfes und des Herzens wechseln sich mit tiefem Mitgefühl ab. Nach und nach verschafft er sich tatsächlich Klarheit, «bekommt er seine Gedanken zusammen». Eine Reihe heraufbeschworener Erinnerungen bringt ihn schließlich unweigerlich zur *Wahrheit*; diese Wahrheit bewegt unweigerlich seinen Verstand und sein Herz. Am Ende ändert sich sogar der Ton des Berichts, verglichen mit dem wirren Anfang. Die Realität offenbart sich dem Unglücklichen klar und deutlich, zumindest aus seiner Sicht.

Das ist das Thema. Selbstverständlich nimmt der Prozess des Erzählens mehrere Stunden in Anspruch, mit all den Pausen und Sprüngen und in dieser verworrenen Form: Mal redet der Mann mit sich selbst, mal wendet er sich gewissermaßen an einen imaginären Zuhörer, an einen Richter. Aber so ist es im realen Leben ja stets. Hätte ihn ein Stenograph gehört und alles aufgezeichnet, dann wäre wohl ein etwas spröderer, weniger stark redigierter Text herausgekommen als der, den ich hier vorstelle, aber soweit mir scheint, wäre das psychologische Muster wohl dasselbe. Ebendiese Prämisse eines alles mitschreibenden Stenographen (wobei ich im Anschluss die Aufzeichnungen eben noch redigiert habe) ist das, was ich in dieser Erzählung als phantastisch bezeichne. Zumindest in abgewandelter Form ist dieser Kunstgriff bereits mehrfach zur Anwendung gelangt: Victor Hugo hat beispielsweise in seinem Meisterwerk «Der letzte Tag eines Verurteilten»[1] fast auf den gleichen Ansatz zurückgegriffen, wobei er jedoch keinen Stenographen eingeführt hat, sondern etwas zugelassen hat, was noch weitaus unwahrscheinlicher ist, indem er nämlich davon ausgegangen ist, der zum Tode Verurteilte könne (und fände dafür die Zeit) schriftlich über sich Auskunft geben, dies zudem nicht nur am letzten Tag seines Lebens, sondern sogar in der letzten Stunde und buchstäblich in der letzten Minute. Doch wenn Hugo diese phantastische Möglichkeit nicht eingeräumt hätte, dann gäbe es das Werk selbst nicht, dieses realistischste und authentischste aller von ihm verfassten Werke.

I. Wer war ich und wer war sie?

... aber solange sie noch hier ist, ist ja alles in Ordnung: Ständig gehe ich zu ihr und sehe nach ihr. Morgen bringt man sie jedoch weg, und wie soll ich dann allein zurechtkommen? Sie liegt jetzt im Geschäftsraum auf dem Tisch, wir haben zwei Lombertische[2] zusammengestellt, den Sarg liefern sie erst morgen, einen weißen, mit weißem Gros-de-Naples[3], wobei ... darum geht es gar nicht ... Ich lauf die ganze Zeit von einem Zimmer ins andere und will mir Klarheit verschaffen. Seit sechs Stunden versuche ich nun schon, mir Klarheit zu verschaffen, und noch immer bekomme ich meine Gedanken nicht zusammen. Die Sache ist die, dass ich unablässig umherlaufe, immer nur laufe und laufe … Also, so war das nun. Ich berichte einfach der Reihe nach. (Ordnung muss schließlich sein!) Ich bin alles andere als ein Schriftsteller, meine Herrschaften, Sie werden das bald feststellen, doch wenn schon, dann erzähle ich alles so, wie ich es selbst verstehe. Das eben macht ja meinen Horror aus – dass ich alles verstehe!

Falls es Sie interessiert, ich meine, falls Sie alles von Anfang an hören wollen, dann ist sie schlicht und ergreifend eines Tages zu mir gekommen, um ein paar Stücke zu versetzen, damit sie eine Annonce in der «Stimme»[4] veröffentlichen konnte, etwas in der üblichen Art: «Gouvernante, gern auch mit Unterkunft im Haus, Privatunterricht» und so weiter und so fort, wie gesagt, das Übliche. So fing also alles an, und selbstverständlich war sie für mich bloß eine von vielen: Nur deshalb kommt sie ja auch zu mir, eben mit dem gleichen Anliegen wie alle Kundinnen, mehr nicht. Aber nach einer Weile fiel sie mir trotzdem auf. Sie war eine so schmächtige Frau, mit flachsblondem Haar, von mittelhohem Wuchs. Mir gegenüber verhielt sie sich immer etwas unbeholfen, als sei sie verlegen (ich glaube, sie verhielt sich allen Fremden gegenüber so, und ich war für sie natürlich niemand Besonderes, als Mensch betrachtet, nicht als Pfandleiher). Kaum hatte sie das Geld in Händen, machte sie auf dem Absatz kehrt und ging fort. Ohne auch nur ein Wort zu sagen. Andere streiten bei mir wie nichts, bitten, feilschen, damit sie mehr Geld bekommen. Sie nicht, sie war zufrieden mit dem, was sie bekam … Ich glaube, ich bringe langsam alles durcheinander … Ach ja, vor allem haben mich ihre Stücke erstaunt: zierliche vergoldete Silberohrringe, ein unscheinbares Medaillon – durchweg Dinge für zwei Zehnkopekenstücke. Das wusste sie auch selbst, dass sie nichts wert waren, aber ich habe an ihrem Gesicht gesehen, dass es für sie Kostbarkeiten waren – und tatsächlich, wie ich später erfahren habe, waren sie alles, was ihr von ihrem Herrn Papa und ihrer Frau Mama geblieben war. Nur einmal habe ich es mir erlaubt, über ihre Stücke zu spötteln. Das heißt, ich erlaube mir dergleichen nie, wissen Sie, meiner Klientel gegenüber verhalte ich mich stets tadellos: wenig Worte, mit gebotener Höflichkeit und Strenge. *Strenge! Strenge und nichts als Strenge!* [5] Doch sie brachte einmal tatsächlich die Überreste (und das meine ich buchstäblich) eines Seelenwärmers[6] aus Hasenfell an – und da verlor ich die Beherrschung und platzte mit etwas heraus, was wohl wie eine Spitze geklungen hat. Meine Güte, wie ihr da die Röte ins Gesicht geschossen ist! Sie hat große blaue, sehr nachdenkliche Augen – aber wie die in dem Moment gefunkelt haben! Dennoch hat sie kein Wort gesagt, sondern sich ihre «Überreste» geschnappt und meine Pfandleihe verlassen. Bei dieser Gelegenheit ist sie mir eigentlich das erste Mal *überhaupt* aufgefallen, und da habe ich auch in dieser Weise über sie nachgedacht, *überhaupt* nachgedacht, meine ich. Vor allem erinnere ich mich noch an meinen Eindruck, das heißt, wenn Sie so wollen, an meinen entscheidenden Eindruck, die

Synthese von allem: nämlich dass sie schrecklich jung war, so jung, vierzehn Jahre höchstens. Dabei trennten sie damals nur noch drei Monate von ihrem sechzehnten Geburtstag. Übrigens wollte ich darauf gar nicht zu sprechen kommen, denn darin hat die Synthese nun bestimmt nicht bestanden. Am nächsten Tag ist sie zurückgekehrt. Später habe ich erfahren, dass sie mit diesem Seelenwärmer bei Dobronrawow und Moser[7] war, doch die nehmen ausschließlich Gold und haben sie gar nicht erst eines Wortes gewürdigt. Ich hatte aber schon einmal eine Kamee (die natürlich auch wertlos war) von ihr akzeptiert – und als ich dann später darüber nachdachte, habe ich mich selbst gewundert: Auch ich nehme ja ausschließlich Gold und Silber, doch von ihr akzeptiere ich eine Kamee. Das war das zweite Mal, dass ich über sie nachdachte, daran erinnere ich mich genau.

Damals, also nach dem Besuch bei Moser, brachte sie mir eine Zigarrenspitze aus Bernstein, ein hübsches Stück, für Liebhaber, aber für uns völlig uninteressant, denn wir lassen nur Gold gelten. Nach ihrem *Aufstand* vom Vortag empfing ich sie selbstverständlich mit aller Strenge. Strenge, das bedeutet für mich kühles Auftreten. Trotzdem konnte ich mich, nachdem ich ihr zwei Rubel gegeben hatte, nicht beherrschen und sagte irgendwie gereizt zu ihr: «Diese Ausnahme mache ich einzig *bei Ihnen*, Moser würde Ihnen ein solches Stück niemals abnehmen.» Die Worte «bei Ihnen» betonte ich noch, sodass kein Missverständnis möglich war: Ich war erbost. Erneut schoss ihr flammende Röte ins Gesicht, als sie dieses «bei Ihnen» hörte, dennoch schwieg sie, knallte mir das Geld nicht auf den Ladentisch, sondern nahm es – ach ja, die Armut! Und diese Röte! Mir war klar, dass ich sie verletzt hatte. Nachdem sie bereits gegangen war, fragte ich mich dann: Habe ich mich diesen Triumph über sie tatsächlich zwei Rubel kosten lassen? Pah! Ich erinnere mich noch, dass ich mir zweimal dieselbe Frage gestellt habe: «War es das wert? War es das wert?» Und unter schallendem Gelächter kam ich zu einer positiven Antwort. Ich habe mich damals wirklich köstlich amüsiert. Obendrein gab es einen Grund für diese innere Aufwallung: Ich hatte ja mit Vorsatz, mit Absicht gehandelt, hatte sie auf die Probe stellen wollen, denn wie aus heiterem Himmel hatte ich mir einige Pläne im Hinblick auf sie zurechtgelegt. Und das war das dritte Mal, dass ich *überhaupt* an sie dachte.

... damit hat die Sache also angefangen. Selbstverständlich versuchte ich umgehend, durch Dritte alles über ihre Lage in Erfahrung zu bringen, und wartete mit besonderer Ungeduld auf ihren Besuch. Ich ahnte nämlich, dass sie schon bald wiederkommen würde. Als sie dann erschien, begann ich sogleich mit ausnehmender Höflichkeit ein freundliches Gespräch. Schließlich bin ich wohlerzogen und habe Manieren. Mhm ... Irgendwie habe ich gleich gewusst, dass sie gut und sanftmütig ist. Die Guten und die Sanftmütigen leisten nämlich nicht lange Widerstand, und auch wenn sie ihr Herz nicht gerade auf der Zunge tragen, bringen sie es einfach nicht fertig, sich einem Gespräch zu verweigern: Sie antworten einsilbig, aber sie antworten, und je länger es dauert, desto mehr, man darf nur selbst nicht nachlassen, wenn einem daran gelegen ist. Natürlich hat sie mir damals nichts aus freien Stücken erzählt. Das mit der «Stimme» und alles andere erfuhr ich erst später. Damals hat sie mit ihren letzten Mitteln Annoncen aufgegeben, zunächst natürlich noch ziemlich anmaßend: «Gouvernante», hieß es da, «einverstanden mit Arbeit außerhalb von Petersburg, Angebote bitte schriftlich», später hieß es dann schon: «Suche Tätigkeit als Lehrerin, Gesellschafterin, Haushälterin oder Krankenpflegerin, alles denkbar, und nähen kann ich auch», und so weiter und so fort, man kennt das! Selbstverständlich versuchte sie in ihren Anzeigen alles Mögliche, am Ende, als die Verzweiflung triumphierte, hieß es sogar «ohne Lohn, nur für Brot». Aber nein, trotzdem hat sie keine Stelle gefunden! Ich beschloss damals, sie auf eine letzte Probe zu stellen, weshalb ich eines schönen Tages zur aktuellen Ausgabe der «Stimme» greife und ihr eine Annonce unter die Nase halte: «Junge Frau, Vollwaise, sucht Stelle als Gouvernante bei kleinen Kindern, vorzugsweise bei einem älteren Witwer. Hilfe im Haushalt möglich.»

«Da, sehen Sie, das ist erst heute Morgen erschienen, doch bis zum Abend hat die Frau bestimmt eine Stelle gefunden. So muss man eine Anzeige aufgeben!»

Auch da schoss ihr flammende Röte ins Gesicht, auch da funkelten ihre Augen, doch sie drehte sich bloß um und verließ auf der Stelle die Pfandleihe. Das gefiel mir ausgesprochen gut. Übrigens war ich mir damals meiner Sache schon sicher und fest vom Gelingen meines Plans überzeugt, denn Zigarrenspitzen würde ihr eh niemand abnehmen. Außerdem besaß sie mittlerweile ja nicht einmal mehr Zigarrenspitzen. Wie nicht anders zu erwarten, kommt sie also am dritten Tag wieder, diesmal kreidebleich und aufgelöst … Ich begriff sofort, dass bei ihr zu Hause etwas vorgefallen sein musste, und tatsächlich, ich hatte recht. Gleich werde ich darauf eingehen, was, aber zunächst will ich mich lediglich daran erinnern, was für einen glänzenden Eindruck ich damals auf sie gemacht habe, wie ich da in ihren Augen plötzlich gewachsen bin. Darauf hatte ich es nämlich inzwischen angelegt. Die Sache war die, dass sie damals diese Ikone mitbrachte (selbst dazu hatte sie sich durchgerungen) … Ja, so hören Sie doch, hören Sie sich das doch an! Endlich kommt die Erzählung in Gang, bisher habe ich doch alles durcheinandergeworfen … Das liegt daran, dass ich mich unbedingt an alles erinnern will, an jede Einzelheit, an jedes Detail. Außerdem will ich immer noch meine Gedanken zusammenbekommen und – und schaffe es nicht, denn diese Details, all diese Details …

Eine Ikone der Gottesmutter. Die Jungfrau mit dem Kind, für den Hausgebrauch, ein Familienstück und alt, die Silbereinfassung[8] vergoldet … Wert … na, vielleicht sechs Rubel. Mir ist gleich klar, dass ihr diese Ikone teuer ist, denn sie versetzt das ganze Stück, löst die Einfassung nicht vom Bild. Ich sage zu ihr: Besser wäre es, die Einfassung abzumachen, damit sie die Ikone wieder mitnehmen könne, schließlich bedeute sie ihr doch etwas.

«Dürfen Sie die Ikone nicht annehmen?»

«Dürfen darf ich schon, aber vielleicht wäre sie bei Ihnen doch ...»

«Also gut, lösen Sie die Einfassung ab.»

«Wissen Sie was? Das werde ich nicht tun, stattdessen stellen ich die Ikone hier ins Tabernakel», sagte ich nach kurzer Überlegung, «zu den anderen, vor die Lampe (bei mir brennt immer eine Lampe, sobald ich die Pfandleihe öffne), und Sie scheuen sich nicht, sondern nehmen zehn Rubel.»

«Zehn brauche ich gar nicht, geben Sie mir fünf, außerdem werde ich die Ikone ganz sicher wieder auslösen.»

«Und Sie wollen bestimmt keine zehn Rubel? Die Ikone wäre es wert», fügte ich noch hinzu, denn ich sah, dass ihre Augen schon wieder aufblitzten. Ein Wort brachte sie jedoch nicht heraus. Ich gab ihr fünf Rubel.

«Sie sollten niemanden vorschnell verurteilen, ich selbst war nämlich auch schon einmal so in der Klemme, ach was, sogar noch schlimmer, und wenn Sie mich jetzt bei dieser Beschäftigung antreffen ... dann rührt das einzig und allein von dem, was ich durchgemacht habe ...»

«Dann wollen Sie sich mit der Pfandleihe an der Gesellschaft rächen? Ist es das?», unterbrach sie mich plötzlich in ziemlich bitter-spöttischem Ton, der allerdings auch weitgehend ein unschuldiger war (will heißen, unpersönlicher, denn für sie war ich ja damals noch einer von vielen, sodass sie mich mit ihren Worten nicht persönlich beleidigen wollte).

«Aha», dachte ich mir, «so eine bist du also, offenbart sich endlich dein wahrer Charakter, zeigt sich eine andere Seite an dir.»

«Ach, wissen Sie», konterte ich unverzüglich, halb scherzhaft, halb verschwörerisch. «Ich ... ich bin *ein Teil von jener Kraft, die stets das Böse will und stets das Gute schafft* ...»

Sie drehte mir rasch den Kopf zu und sah mich mit großer Neugier an, in der freilich viel Kindliches lag. «Warten Sie ...», sagte sie. «Was ist das für ein Gedanke? Woher kommt der? Irgendwo habe ich ihn schon einmal gehört ...»

«Zerbrechen Sie sich darüber nicht den Kopf, mit diesen Worten stellt sich Mephistopheles dem Faust vor. Haben Sie den ‹Faust› gelesen?»

«Nur ... flüchtig.»

«Das bedeutet im Grunde, Sie haben ihn nicht gelesen. Denn den ‹Faust› muss man sorgfältig lesen. Übrigens verziehen Sie die Lippen schon wieder zu einem spöttischen Lächeln, das sehe ich ganz genau. Aber Sie wollen mir ja wohl nicht eine derartige Geschmacklosigkeit unterstellen wie die, dass ich mich Ihnen gegenüber als Mephistopheles auszugeben gedächte, nur um meine Rolle als Pfandleiher schönzureden. Ein Pfandleiher wird immer ein Pfandleiher bleiben. Als ob wir beide das nicht ganz genau wüssten, gnädige Frau.»

«Sie sind schon ein seltsamer Mann ... Ich wollte überhaupt nichts in dieser Art andeuten ...»

Eigentlich wollte sie natürlich sagen: Ich habe nicht

damit gerechnet, dass Sie ein gebildeter Mensch sind, aber das hat sie dann eben doch nicht über die Lippen gebracht, trotzdem wusste ich genau, dass sie ebendies gedacht hatte. Jedenfalls habe ich damit bei ihr ganz furchtbar Eindruck gemacht.

«Sie müssen wissen», bemerkte ich, «dass man auf jedem Feld Gutes ausrichten kann. Damit meine ich natürlich nicht mich, ich bringe vermutlich wirklich nichts Gescheites zustande …»

«Selbstverständlich kann man im Prinzip immer und überall Gutes tun», sagte sie, während sie mich mit einem raschen und durchdringenden Blick bedachte. «Und zwar wirklich überall», betonte sie plötzlich noch.

O ja, ich erinnere mich, an all diese Momente erinnere ich mich! Und es sei hinzugefügt, dass die Jugend, diese brave Jugend, wenn sie etwas Kluges und Wohlüberlegtes von sich geben möchte, plötzlich ein viel zu offenes und naives Gesicht zeigt, so als wollte sie sagen: Pass auf, nun teile ich dir etwas Kluges und Wohlüberlegtes mit!, was indes nicht wie bei unsereinem von Eitelkeit herrührt, sondern daher, dass sie selbst all das furchtbar schätzt, daran glaubt und es achtet und obendrein denkt, man selbst würde das ebenso schätzen. Ach, diese Aufrichtigkeit! Genau damit tragen sie den Sieg über uns davon. Und wie entwaffnend war ihre Aufrichtigkeit!

Ich erinnere mich noch genau, nichts habe ich vergessen! Kaum war sie gegangen, stand mein Entschluss fest. Noch am selben Tag habe ich meine letzten Erkundigungen eingeholt und alles über ihre damalige Lage erfahren. Über ihre Vergangenheit wusste ich längst durch Lukerja Bescheid, die damals bei ihnen gearbeitet hat und die ich ein paar Tage zuvor bestochen hatte. Sie hatte in so grauenvollen Verhältnissen gelebt, dass ich bis heute nicht begreife, wie sie da überhaupt noch lachen konnte – so wie gerade vorhin noch – oder sich für die Worte des Mephistopheles interessieren konnte, wenn sie doch selbst in beständigem Grauen lebte. Aber das ist eben die Jugend! Genau so habe ich damals über sie gedacht, voller Stolz und Freude, weil hier doch echte Großherzigkeit zutage trat: Auch wenn sie mit einem Bein im Grabe stand, die großen Worte Goethes ließen sie nicht gleichgültig. Aber die Jugend ist eben immer, wenn auch nur eine Spur, wenn auch in verzerrter Weise, großherzig. Das heißt, ich spreche jetzt von ihr, von ihr allein. Und vor allem habe ich sie damals schon als *Meine* betrachtet und nicht im Geringsten an meiner Macht über sie gezweifelt. Ach, ein Gedanke kann so verführerisch sein, wenn man ihn nicht mehr anzweifelt.

Was schwadroniere ich hier bloß? Wenn ich nicht damit aufhöre, wie will ich dann meine Gedanken zusammenbekommen? Also nur weiter, rasch weiter, denn um all das geht es ja nicht, bei Gott nicht!

Was ich über ihre Verhältnisse erfuhr, lässt sich in knappen Worten zusammenfassen: Ihr Vater und ihre Mutter waren lange tot, schon seit drei Jahren, seitdem lebte sie bei ihren chaotischen Tanten. Chaotisch – das ist noch gelinde ausgedrückt. Die eine Tante war Witwe, mit einer großen Schar Kinder, sechs an der Zahl, und eins kleiner als das andere, die andere war eine alte Jungfer und richtig böse. Nein, beide waren böse. Ihr Vater war zwar Beamter gewesen, aber nur Schreiber und lediglich mit persönlichen Adelsrechten[9] ausgestattet, mit einem Wort: All das kam mir sehr zupass. Für sie war ich geradezu ein Wesen aus einer anderen Welt, ein Stabshauptmann a. D., der bei einer glänzenden Truppe gedient hatte, aus einer alten Adelsfamilie, unabhängig und dergleichen, dann noch die Pfandleihe, welche die Damen Tanten mit größtem Respekt zur Kenntnis nahmen. Diese beiden Tanten hatten sie drei Jahre lang als Sklavin gehalten, trotzdem hatte sie es irgendwie geschafft, eine Prüfung abzulegen – hatte all das geschafft, hatte trotz ihrer Sklavenarbeit die Zeit abgeknapst, um die Prüfung abzulegen, was wohl einiges über ihr Streben nach Hohem und Edlem besagen dürfte! Ja, weshalb wollte ich sie denn heiraten? Übrigens lassen wir mich beiseite, auf mich können wir später kommen … Wobei: Um mich geht es ja gar nicht! Die Kinder der Frau Tante hat sie unterrichtet und Wäsche geflickt, und am Ende musste sie nicht nur die Wäsche besorgen, sondern – obwohl sie doch so schmächtig war! – auch die Böden wischen. Dafür haben die Tanten sie dann ohne jeden Grund geschlagen und ihr jeden Bissen im Munde abgezählt. Am Ende haben sie sogar überlegt, sie zu verkaufen. Das muss man sich einmal vorstellen! Ich spare mir hier die schmutzigen Einzelheiten. Später hat sie mir selbst alles haarklein berichtet. Der feiste Ladenbesitzer aus dem Nachbarhaus, der im Übrigen kein einfacher Ladenbesitzer war, sondern gleich zwei Lebensmittelgeschäfte besaß, hatte die Sache über ein Jahr lang beobachtet. Er hatte schon zwei Ehefrauen ins Grab geprügelt und suchte nun eine dritte, deshalb hatte er sie ins Auge gefasst: «So ein stilles Mädchen», wird er sich gesagt haben, «in Armut aufgewachsen, das werde ich um meiner verwaisten Kinder willen heiraten.» Verwaiste Kinder hatte er tatsächlich. Deshalb hielt er um ihre Hand an, verhandelte auch schon mit den Tanten, obendrein war er bereits fünfzig, sodass sie in Panik geriet. Ebendarum suchte sie mich ja immer öfter auf, damit sie die Anzeigen in der «Stimme» aufgeben konnte. Sie erbat sich von den Tanten wenigstens ein winzig kleines Quäntchen Bedenkzeit. Dieses Quäntchen bekam sie, aber auch nur dieses eine, kein zweites, stattdessen drängten die Tanten: «Wir wissen selbst nicht, was wir futtern sollen, da brauchen wir nicht noch ein weiteres hungriges Maul!» All das wusste ich bereits, aber an jenem Tag traf ich nach dem morgendlichen Besuch meine Entscheidung. Am Abend sprach der Kaufmann bei ihr vor und brachte aus seinem Laden ein Pfund Bonbons zu fünfzig Kopeken mit. Als sie mit ihm zusammensaß, rief ich Lukerja aus der Küche und befahl ihr, zu ihr zu gehen und ihr auszurichten, dass ich vor dem Haus auf sie warte und ihr etwas zu sagen habe, was keinen Aufschub dulde. In diesem Moment war ich durchaus zufrieden mit mir. Ganz generell war ich an diesem Tag furchtbar zufrieden.

Kurz darauf erschien sie in Lukerjas Begleitung, völlig verwirrt, dass ich sie hatte rufen lassen, worauf ich ihr auf offener Straße erklärte, wie glücklich ich sei und dass ich mich sehr geehrt fühlen würde, wenn ... Im Anschluss daran, damit sie sich über mein Vorgehen und diese Szene vor dem Haus nicht wunderte, auch noch, dass ich ein Mann bin, der geradeheraus ist und ihre Lage studiert hat. Dass ich geradeheraus war, das war nicht gelogen. Aber egal ... Jedenfalls drückte ich mich nicht nur gepflegt aus, sodass ich mich als wohlerzogener Mann zu erkennen gab, sondern auch originell, und darauf kam es mir an. Es ist ja wohl keine Sünde, das zuzugeben? Ich will über mich richten, und das werde ich. Dafür muss ich Pro und Kontra abwägen, und auch das werde ich. Später habe ich immer wieder gern an diese Worte zurückgedacht, selbst wenn das dumm ist. Doch ich habe damals geradeheraus, ohne jedes Wenn und Aber erklärt, dass ich weder besonders talentiert noch besonders intelligent und womöglich nicht einmal besonders gut sei, sondern ein ziemlich billiger Egoist (an diesen Ausdruck erinnere ich mich genau, den hatte ich mir auf dem Weg zu ihr zurechtgelegt und war hochzufrieden mit ihm gewesen), und dass in mir – was sogar sehr, sehr gut sein könne – noch manch andere unangenehme Eigenschaft stecke. All das habe ich mit einer besonderen Art von Stolz gesagt ... nun, es ist ja wohl klar, wie. Selbstverständlich war ich nicht so geschmacklos, nach der Auflistung meiner Unzulänglichkeiten meine Vorteile anzuführen. Andererseits bin ich jedoch, hätte ich ja durchaus sagen können, dies und das. Mir entging nicht, dass sie damals furchtbare Angst vor mir hatte, dennoch beschönigte ich nichts, im Gegenteil, gerade weil ich ihre Angst bemerkte, zeichnete ich das Bild noch viel schärfer: Ich sagte ihr geradeheraus, dass sie keinen Hunger leiden, sich Kleider, Theater und Bälle jedoch aus dem Kopf schlagen müsse, zumindest vorerst, solange ich mein Ziel nicht erreicht habe, aber auch danach könne ich nichts versprechen. Dieser strenge Ton riss mich mit. Deshalb fügte ich hinzu, und auch dies möglichst beiläufig, dass ich, als ich meinen Beruf ergriffen, also die Pfandleihe aufgemacht hatte, ein ganz bestimmtes Ziel verfolgt hätte, gewisser Umstände wegen ... So musste ich doch reden: Ich hatte dieses Ziel ja wirklich, und diese Umstände gab es erst recht. Aber, meine Herrschaften, diese Pfandleihe habe ich dennoch vom ersten Tag mehr als jeder andere sonst gehasst, nur wollte ich mich halt – auch wenn es absurd ist, in einem Selbstgespräch auf derart nebulöse Formulierungen zurückzugreifen – «an der Gesellschaft rächen», o ja, ohne Frage, genau das wollte ich, mich rächen. Gerade deshalb war ihre spitze Bemerkung am Vormittag, dass ich mich «rächen» wolle, ja auch so ungerecht. Denn nehmen wir einmal an, ich hätte ihr klipp und klar gesagt: Ja, ich will mich an der Gesellschaft rächen, dann wäre sie doch bloß in schallendes Gelächter ausgebrochen – vorhin, heute Morgen, da hat sie auch noch gelacht –, und die ganze Angelegenheit hätte sich tatsächlich albern ausgenommen. Mit einem indirekten Hinweis jedoch, einer nebulösen Formulierung stachle ich ihre Phantasie in meinem Sinne an. Außerdem habe ich damals überhaupt nicht mehr um meine Sache gefürchtet: Der feiste Ladenbesitzer war verglichen mit mir doch nur zweite Wahl, das war mir völlig klar, obendrein musste ich ihr hier unten, auf der Straße, geradezu wie ihr Befreier vorkommen. All das begriff ich nur zu gut. Niedertracht begreift der Mensch ja stets besonders gut! Doch war hier tatsächlich Niedertracht im Spiel? Wie soll man je ein Urteil über einen Menschen fällen? Wer weiß denn, ob ich sie da nicht schon längst geliebt habe?

Weiter: Selbstverständlich habe ich mich ihr gegenüber damals nicht als Wohltäter aufgespielt, im Gegenteil, o ja, ganz im Gegenteil. «*Ich* bin derjenige», habe ich gesagt, «dem Sie eine Wohltat erweisen, nicht umgekehrt.» Ja, das habe ich tatsächlich so in diesen Worten ausgesprochen, da konnte ich mich nicht beherrschen, und es muss wohl dumm geklungen haben, denn ich sah, wie sich kurz eine Falte in ihr Gesicht grub. Insgesamt stand ich indes als klarer Sieger da. Oh, wenn dieser ganze Dreck schon zur Sprache kommt, dann auch bis zur letzten Schweinerei. Als ich nämlich so vor ihr stand, da flüsterte etwas in meinem Kopf: «Du bist groß, stattlich, wohlerzogen», und schließlich sogar ohne falsche Bescheidenheit: «Du kannst dich sehen lassen.» Das spielte sich in meinem Hirn ab. Noch auf der Straße hat sie mir mit einem Ja geantwortet, wie auch anders. Allerdings … ja, das muss ich hinzufügen: Sie hat da unten lange nachgedacht, bevor sie mir mit diesem Ja geantwortet hat. Hat in einer Weise gegrübelt und nachgedacht, dass ich mich schon gefragt habe: «Was ist jetzt?», und mich dann nicht mehr beherrschen konnte und sie mit einer gewissen Arroganz gefragt habe: «Was ist jetzt, meine Dame?», noch mit Anrede.

«Ich denke noch nach, einen Moment bitte.»

Und dabei machte sie ein so ernstes Gesichtchen, dass ich schon da alles in ihm hätte ablesen können! Nur war ich eben beleidigt: «Kann sie sich wirklich nicht zwischen mir und diesem Kaufmann entscheiden?», dachte ich. Oh, damals habe ich noch nichts begriffen! Gar nichts, wirklich rein gar nichts habe ich damals begriffen! Daran hat sich ja bis heute nichts geändert! Ich erinnere mich, dass Lukerja mir noch hinterhergelaufen ist, als ich schon am Gehen war, mich kurz festhielt und keuchte: «Gott wird Ihnen das vergelten, gnädiger Herr, dass Sie unser liebes Fräulein nehmen, aber sagen Sie ihr das nicht, sie ist stolz.»

Stolz also! Ich selbst liebe stolze Frauen, wenn man so will. Die stolzen sind besonders gut, wenn … also wenn du sicher bist, dass du sie in der Hand hast, nicht wahr? Ach, was bin ich nur für ein erbärmlicher, linkischer Mensch! Und wie zufrieden ich war! Wissen Sie, denn als sie da vor dem Haus nachgedacht hat, ob sie mir mit einem Ja antworten solle, da habe ich mich gefragt, wissen Sie, ob sie womöglich sogar auf folgenden Gedanken gekommen ist: Wenn das Unglück hier wie dort auf mich wartet, ist es dann nicht besser, das größere zu wählen, also den feisten Ladenbesitzer, damit er mich, wenn er betrunken ist, möglichst bald zu Tode prügelt? Das ist doch wirklich eine Überlegung wert, oder? Was meinen denn Sie, hat sie das gedacht?

Selbst jetzt begreife ich all das nicht, begreife überhaupt nichts! Und wenn ich gerade gesagt habe, sie hätte sich diesen Gedanken durch den Kopf gehen lassen können, also den, von zwei Übeln das größere, will heißen den Ladenbesitzer zu wählen – aber wer war denn damals tatsächlich schlimmer für sie: ich oder der Kaufmann? Der Kaufmann oder der Pfandleiher, der Goethe zitiert? Das ist ja wohl noch die Frage! Oder eben nicht! Denn die Antwort liegt da drüben auf dem Tisch, was gibt es da also noch zu *fragen*?! Was willst du überhaupt noch?! Glaubst du etwa, das hat irgendetwas mit dir zu tun … Aber nicht einmal darauf weiß ich eine Antwort. Besser, ich gehe schlafen. Diese Kopfschmerzen …

III. Der edelmütigste aller Menschen – nur glaube ich das ja selbst nicht

Ich konnte nicht einschlafen. Wie auch, wenn es in meinem Kopf derart hämmerte! Vergegenwärtigen will ich mir all das, all diesen Dreck! Oh, dieser Dreck! Aus welchem Dreck ich sie damals herausgezogen habe! Das wenigstens musste sie doch einsehen, diesen Schritt von mir doch wenigstens schätzen! Auch manch andere Gedanken haben mich begeistert, zum Beispiel dass ich einundvierzig bin und sie sechzehn ist. Förmlich bezaubert hat es mich, dieses Gefühl der Ungleichheit, denn es ist sehr süß, wirklich sehr süß.

Ich wollte zum Beispiel Hochzeit *à l'anglaise*[10] halten, das heißt unbedingt zu zweit, höchstens noch mit zwei Zeugen, von denen eine Lukerja sein müsste, und danach sofort ab in den Zug, und sei es auch nur nach Moskau (wo ich nebenbei gleich geschäftlich hätte etwas regeln können), zwei Wochen in ein Hotel. Sie hat sich dagegen gesträubt, wollte das auf gar keinen Fall, sodass ich gezwungen war, bei den Tanten als ihren einzigen Verwandten vorzusprechen, da ich sie ja von ihnen übernahm. Ich gab also nach, und die Tanten bekamen, was ihnen zustand. Ich schenkte diesen Biestern sogar je hundert Rubel und versprach noch mehr, selbstverständlich ohne ihr ein Wort davon zu sagen, denn ich wollte ihr diesen Schacher nicht zumuten. Daraufhin fraßen mir die Tanten aus der Hand. Auch über die Mitgift haben wir uns gestritten: Sie stand ja buchstäblich mit leeren Händen da, verlangte jedoch auch nichts. Mir ist es dann aber gelungen, ihr klarzumachen, dass es ganz ohne Aussteuer nicht ginge, weshalb ich für diese sorgen wollte, sonst käme ja niemand dafür infrage. Aber lassen wir mich aus dem Spiel! Einige meiner Einstellungen habe ich ihr damals immerhin dargelegt, sodass sie zumindest im Bilde war. Vielleicht war ich da voreilig. Es ging vor allem darum, dass sie mir von Anfang an mit Liebe begegnet ist, sosehr sie sich auch zusammenreißen wollte, aber wenn ich abends zu ihr kam, erzählte sie mir in ihrem Singsang (dem bezaubernden Singsang der Unschuld!) ihre gesamte Kindheit und Jugend, erzählte vom Elternhaus, von Vater und Mutter. Dieses Feuer der Begeisterung löschte ich sofort mit kaltem Wasser. Das war nämlich mein Prinzip: Begeisterung mit Schweigen zu quittieren, wenn auch mit stets wohlgesinntem … Damit sie erkannte, dass es einen Unterschied zwischen uns gab und ich ein Rätsel war. Genau dafür sollte sie mich schließlich halten, für ein Rätsel! Und vermutlich habe ich all diese Dummheiten nur begangen, damit sie dieses Rätsel löst! Damit meine ich vor allem meine Strenge, mit der habe ich sie ja auch im Haus empfangen. Kurz gesagt: Obwohl ich damals durchaus zufrieden war, habe ich ein ganzes System aufgebaut. Ach was, gleichsam von selbst ist es entstanden. Und ohne wäre es ja auch gar nicht gegangen, da werde ich mich jetzt nicht hinstellen und etwas anderes behaupten! Vor allem weil dieses System durch und durch ehrlich war. Also hören Sie gefälligst zu, denn wenn Sie schon über einen Menschen urteilen wollen, dann urteilen Sie auf der Grundlage von Fakten … Hören Sie die Geschichte!

Wenn ich nur wüsste, wie anfangen, all das ist so schwer. Fängst du erst einmal an, dich zu rechtfertigen, machst du dir das Leben nämlich selbst schwer. Folgendes Beispiel: Die Jugend verachtet das Geld – also bin ich Feuer und Flamme für Geld, habe nur dieses Thema im Kopf. Und wie ich so Feuer und Flamme bin, wird sie immer schweigsamer. Sie macht große Augen, hört sich alles an, beobachtet, sagt aber kein Wort. Oder dies: Die Jugend ist großherzig, das heißt, die gute Jugend, die ist großherzig und impulsiv, dabei jedoch nicht gerade tolerant, wenn ihr etwas nicht passt, dann hat sie nur Verachtung parat. Ich jedoch wollte Offenheit, wollte Offenheit in ihr Herz, in ihren herzlichen Blick pflanzen, nicht wahr? Ein einfaches Beispiel: Wie erkläre ich einem solchen Charakter meine Pfandleihe? Selbstverständlich bringe ich die Sprache nicht direkt darauf, das sähe ja aus, als wollte ich mich für meine Pfandleihe entschuldigen, nein, ich handle voller Stolz, teile mich mehr oder weniger schweigend mit. Und ich bin ein Meister darin, mich schweigend mitzuteilen, ich habe mich mein ganzes Leben lang schweigend geäußert, habe ganze Tragödien allein mit mir schweigend durchgestanden. Und war dabei keineswegs unglücklich! Alle hatten mich ausgestoßen, ausgestoßen und vergessen, doch niemand, absolut niemand erfuhr davon! Und als diese Sechzehnjährige irgendwann von niederträchtigen Menschen Einzelheiten über mich aufschnappte und dachte, sie wüsste nun alles über ihren Ehemann – da blieb sein eigentliches Geheimnis doch in seiner Brust verschlossen! Denn ich habe stets geschwiegen, vor allem, ja, vor allem in ihrer Gegenwart habe ich geschwiegen, bis zum gestrigen Tag. Warum ich geschwiegen habe? Weil ich ein stolzer Mann bin! Ich wollte zwar, dass sie die Wahrheit herausfindet, aber von sich aus, ohne mein Zutun, und schon gar nicht durch die Erzählungen irgendwelcher niederträchtiger Schwätzer, sondern indem sie ihren Ehemann selbst entschlüsselt und ihn versteht! Als sie in mein Haus kam, habe ich es auf bedingungslosen Respekt angelegt. Ich wollte, dass sie mich meiner durchgestandenen Leiden wegen als Heiligen verehrt, denn das hatte ich verdient. Oh, ich war immer stolz, ich wollte stets alles oder nichts! Ebendeshalb, weil ich beim Glück keine halben Sachen akzeptiere, wollte ich alles, ebendeshalb musste ich ja so handeln, von ihr verlangen: «Entschlüssele mich und dann respektiere mich!» Hätte ich nämlich von mir aus etwas erklärt – da werden Sie mir ja wohl zustimmen –, dann hätte ich ihr etwas suggeriert, sie beeinflusst oder um Respekt gebettelt fast wie um eine milde Gabe … Aber ach … was rede ich denn da bloß schon wieder!

Das alles ist so dumm – dumm, dumm und noch mal dumm! Ich habe ihr damals gnadenlos (und ich lege Wert darauf, dass es gnadenlos war) und ohne Umschweife in knappen Worten erklärt, dass die Großherzigkeit der Jugend eine schöne Sache sei – aber keinen Pfifferling wert! Warum das? Weil es sehr billig ist, sich großherzig zu geben, solange man noch keine Lebenserfahrung hat, wenn sozusagen noch *neu und wichtig des Daseins Formen*[11] sind, aber sprechen wir uns doch wieder, wenn ihr die ersten Prüfungen hinter euch habt. Diese billige Großherzigkeit zur Schau zu stellen fällt leicht, und sogar sich das Leben zu nehmen, das ist auch billig, weil nur *das Blut wallt und die Kräfte strotzen*[12], weil man auf Schönheit erpicht ist! Aber vollbringt erst einmal eine großherzige Heldentat, die schwer, still, lautlos, ohne jeden Glanz ist und einzig üble Nachrede mit sich bringt, die viele Opfer verlangt, für die man aber nicht einen Funken Ruhm erntet, sondern für die ein tadelloser Mann in aller Öffentlichkeit als Schurke hingestellt wird, obwohl er der ehrlichste Mensch auf Erden ist – bitte, versucht euch einmal an einer solchen Heldentat, aber nein, da lehnt ihr dankend ab! Ich aber – ich habe mein ganzes Leben nichts anderes getan, als die Bürde einer solchen Heldentat auf mich zu nehmen. Am Anfang hat sie mir noch widersprochen, und wie, aber irgendwann ist sie dann zu Schweigen übergegangen, kein Wort hat sie mehr gesagt, hat nur ihre Augen furchtbar weit aufgerissen und gelauscht, mit ihren großen, ihren riesigen, so aufmerksamen Augen. Und … und außerdem habe ich plötzlich dieses Lächeln an ihr entdeckt, ein misstrauisches, schweigendes, unschönes Lächeln. Als ich sie in mein Haus gebracht habe, da lag es auch schon auf ihren Lippen, dieses Lächeln. Doch zugegeben, da konnte sie bereits nirgendwo anders mehr hin …

Wer von uns hat damals angefangen?

Niemand. Vom ersten Tag an nahm alles ohne unser Zutun seinen Lauf. Ich habe zwar gesagt, dass ich sie mit Strenge in meinem Haus empfing, bin dann aber doch selbst vom ersten Tag an schwach geworden. Noch vor unserer Hochzeit habe ich ihr erklärt, auch sie müsse Pfandgegenstände entgegennehmen und Geld herausgeben, wogegen sie damals auch nicht die geringsten Einwände erhob (und das heißt doch wohl etwas!). Mehr noch, voller Eifer hat sie sich an die Sache gemacht. Die Wohnung, die Möbel – all das blieb selbstverständlich unverändert. Die Wohnung hat zwei Zimmer, ein großes, in dem ich hinter einem Raumteiler die Pfandleihe betreibe, und das andere, das ebenfalls groß ist, unser gemeinsames Zimmer, in dem wir auch schlafen. Möbel besitze ich kaum, da hatten selbst die Tanten mehr. Das Tabernakel für die Ikonen mit der Lampe steht im Geschäftsraum. In meinem Zimmer steht ein Schrank mit einigen Büchern, aber auch eine Truhe, deren Schlüssel ich stets bei mir trage. Und natürlich gibt es da ein Bett, Tische und Stühle. Noch vor der Hochzeit habe ich ihr gesagt, dass für uns, also für sie, Lukerja, die ich den Tanten abspenstig gemacht hatte, und mich, täglich ein Rubel als Unterhalt, also für unser Essen, zur Verfügung stehe, nicht mehr. «Ich muss nämlich in den nächsten drei Jahren dreißigtausend zusammenbekommen», erklärte ich ihr. «Und anders spart man so viel Geld nicht zusammen.» Obwohl sie nicht die geringsten Sperenzchen machte, habe ich dann von mir aus das Budget um dreißig Kopeken erhöht. Und mit dem Theater war es genauso. Noch vor der Hochzeit habe ich ihr gesagt, sie müsse sich Theaterbesuche aus dem Kopf schlagen, aber dann habe ich von mir aus angeboten, einmal im Monat eine Aufführung zu besuchen, noch dazu mit allem Drum und Dran, also mit Plätzen zum Sitzen, nicht zum Stehen. Drei Stücke haben wir uns gemeinsam angesehen, «Die Jagd nach dem Glück»[13] und «Die Straßensängerin»[14], wenn ich mich recht erinnere. (Als ob das jetzt noch eine Rolle spielte, irgendeine!) Wir gingen schweigend hin und kehrten schweigend zurück. Warum ... warum haben wir von Anfang an geschwiegen? Anfangs gab es ja noch nicht einmal Streit zwischen uns, das Schweigen aber schon. Ich erinnere mich noch, wie sie immer verstohlen zu mir herübergelinst hat. Sobald ich das bemerkte, habe ich nur noch beharrlicher geschwiegen. Auf diesem Schweigen habe ich bestanden, nicht sie, o nein. Von ihrer Seite gab es sogar ein oder zwei Vorstöße, da wollte sie mich allen Ernstes umarmen. Diese Vorstöße waren jedoch krankhaft und hysterisch, während ich ein solides Glück brauchte, mit Respekt von ihrer Seite, sodass ich nur mit Kälte auf solche Anfälle antwortete. Und gut tat ich daran: Nach einem solchen Vorstoß gab es nämlich am nächsten Tag jedes Mal Streit.

Das heißt, Streit eben irgendwie nicht, sondern dieses Schweigen, und außerdem immer unverschämtere Blicke ihrerseits. «Aufstand und Unabhängigkeit», darum ging es, bloß war sie zu dergleichen ja gar nicht imstande. Trotzdem wurde dieses sanftmütige Wesen unverschämter und unverschämter. Ob Sie es glauben oder nicht, aber ich widerte sie regelrecht an, das habe ich genau beobachtet. Und daran, dass sie manchmal ohne jeden Grund explodierte, daran gab es auch keinen Zweifel. Denn sie – die doch aus Dreck und Armut kam und Fußböden geschrubbt hatte –, sie rümpfte über unsere Armut die Nase! Also ich bitte Sie: Von Armut konnte bei uns doch überhaupt keine Rede sein, Sparsamkeit war das, gepaart mit Luxus an der richtigen Stelle, bei der Wäsche beispielsweise oder der Sauberkeit. Denn ich habe immer angenommen, Sauberkeit beim Manne ziehe eine Frau an. Im Grunde regte sie sich jedoch gar nicht über unsere Armut auf, sondern über meinen vermeintlichen Geiz in der Haushaltsführung. «Ein Ziel hat er», höhnte sie, «seinen starken Charakter will er unter Beweis stellen.» Auf das Theater hat sie dann übrigens freiwillig von heute auf morgen verzichtet. Und in ihr Gesicht gruben sich immer mehr und mehr dieser spöttischen Falten ... worauf ich immer hartnäckiger schwieg, immer hartnäckiger.

Oder hätte ich mich etwa rechtfertigen sollen? Es drehte sich natürlich alles um die Pfandleihe. Aber bitte, was hätte eine Frau, noch dazu eine, die erst sechzehn Jahre alt ist, denn anderes tun sollen, als sich dem Willen eines Mannes zu unterwerfen? Eben! In Frauen steckt keine Originalität, das ist ... ein Axiom ist das, selbst jetzt noch, ja, selbst jetzt noch ist das ein Axiom für mich! Daran ändert auch die Tatsache nichts, dass sie da im Geschäftsraum liegt. Wahr bleibt wahr, daran kann nicht einmal Mill[15] etwas ändern! Und eine liebende Frau, oh, eine liebende Frau – die vergöttert ja sogar noch die Laster und Gräueltaten des geliebten Mannes. Er selbst könnte für seine Gräueltaten nie derart überzeugende Rechtfertigungen finden wie die, die sie ihm präsentiert. Das ist großherzig, aber nicht originell. Fehlende Originalität hat schon genug Frauen ins Grab gebracht! Da soll mir doch jetzt bitte niemand mit dem Tisch kommen! Als ob das originell wäre, was da auf dem Tisch zu sehen ist! Pah!

Jetzt hören Sie mir mal zu: Damals habe ich in keiner Weise an ihrer Liebe gezweifelt. Sie ist mir damals ja sogar um den Hals gefallen. Sie hat mich geliebt, besser gesagt, sie wollte mich lieben. Genau, das trifft den Nagel auf den Kopf: Sie wollte lieben, sie hat Liebe gesucht. Und entscheidend war ja wohl, dass bei mir von Gräueltaten, für die sie hätte Rechtfertigungen finden müssen, keine Rede sein kann. Kommen Sie mir jetzt nicht damit, dass ich Pfandleiher bin, wie es immer alle tun! Was soll denn an einem Pfandleiher so schlimm sein? Das bedeutet doch wohl nur, dass es seine Gründe hat, warum der großherzigste aller Menschen Pfandleiher geworden ist. Sehen Sie, meine Herrschaften, manchmal verfällt man auf Ideen … genau, man verfällt auf irgendeine Idee, und die braucht man bloß laut auszusprechen, schon klingt sie furchtbar dumm. Das ist einem dann direkt peinlich. Warum eigentlich? Ganz einfach. Weil wir alle nur Abschaum sind und die Wahrheit nicht ertragen, oder so was in der Art. Ich sprach eben von mir als dem großherzigsten aller Menschen. Das klingt absurd, aber das bin ich. Das ist die Wahrheit, wie sie wahrer nicht sein kann. O ja, es war damals mein gutes *Recht*, für meine materielle Sicherheit zu sorgen und diese Pfandleihe aufzumachen. «Ihr habt mir die kalte Schulter gezeigt, ihr, das heißt die Menschen, habt mich mit verächtlichem Schweigen davongejagt. Als ich vertrauensvoll einen Schritt auf euch zu gewagt habe, da habt ihr mich in einer Weise beleidigt, die ich mein Lebtag nicht vergesse. Deshalb ist es nur recht und billig, wenn ich zwischen mir und euch eine Mauer errichte, diese dreißigtausend Rubel zusammenspare und meinen Lebensabend irgendwo auf der Krim, am Meer im Süden, in Hügeln und Weinbergen, auf meinem eigenen, von ebendiesen dreißigtausend Rubeln gekauften Anwesen verbringe, und zwar – und das ist entscheidend – weit weg von euch, aber ohne Wut auf euch, mit einem Ideal in meiner Seele, mit meiner von Herzen geliebten Frau und mit meiner Familie, falls Gott mir denn eine schenkt, wo ich dann allen Menschen um mich herum helfen werde.» Nur gut, dass ich diese Worte jetzt bloß mir selbst gegenüber ausspreche, denn was hätte dümmer sein können, als ihr all das auszumalen? Ebendaher rührte ja auch mein stolzes Schweigen, ebendeshalb haben wir stets schweigend beieinandergesessen. Was hätte sie denn von alldem begriffen? Mit sechzehn, in der frühen Jugend, was konnte sie da von den Gründen für mein Handeln, von meinen Leiden begreifen? Das ist doch eine gerade Linie: die mangelnde Lebenserfahrung, die Überzeugungen eines Mädchens, die Hühnerblindheit der «schönen Herzen» und schließlich – und das ist entscheidend – die Pfandleihe. Basta!, heißt es da, fertig ist das Bild! (Aber habe ich mir denn in der Pfandleihe etwas zuschulden kommen lassen? Hat sie denn wirklich nicht gesehen, wie ich aufgetreten bin? Dass ich nie mehr genommen habe, als mir zustand?) O ja, die Wahrheit ist eine bittere Pille! Dieses Schmuckstück, diese Sanftmütige, dieser Himmel – eine Tyrannin war sie, eine unerträgliche Tyrannin und Peinigerin meiner Seele! Das zu verschweigen hieße mich selbst zu verleumden! Sie glauben, ich hätte sie nicht geliebt? Wer behauptet, dass ich sie nicht geliebt habe? Wissen Sie, genau darin besteht ja die Ironie, die bittere Ironie des Schicksals und der Natur! Dass wir verdammt sind, dass das Leben der Menschen überhaupt verdammt ist! (Meins besonders!) Erst jetzt begreife ich nämlich, dass ich einen Fehler gemacht habe! Etwas ist da aus dem Ruder gelaufen. Alles war völlig klar, auch meine Devise war klar wie der Himmel: «Hart sein, stolz und nie auf seelischen Trost angewiesen, schweigend leiden.» Eben danach habe ich auch gehandelt, ungelogen, o ja, ungelogen! «Irgendwann einmal wird sie erkennen, wie großherzig ich bin, jetzt kann sie das noch gar nicht, doch wenn sie eines Tages dahinterkommt, dann wird sie mich zehnmal mehr schätzen und vor mir in den Staub sinken und die Hände zum Gebet falten.» Das war mein Plan. Aber entweder habe ich etwas vergessen oder etwas aus den Augen verloren. Konnte etwas nicht umsetzen. Doch genug, genug davon. Wen soll ich denn nun um Verzeihung bitten? Aber gut … Sei tapfer, Mann, und stolz! Dich trifft keine Schuld …!

Deshalb nenne ich die Dinge beim Namen, deshalb fürchte ich mich nicht, der Wahrheit ins Auge zu sehen: *Sie* ist schuld, *sie allein* ist schuld …!

V. Die Sanftmütige rebelliert

Die Streitereien gingen dann damit los, dass sie es sich eines schönen Tages hat einfallen lassen, Geld nach ihren ureigenen Prinzipien zu verleihen, mehr für die Pfandstücke zu geben, als sie wert waren, mit mir Auseinandersetzungen über diese Frage anzufangen. Ich gab selbstverständlich keinen Fingerbreit nach. Dann tauchte irgendwann auch noch diese Hauptmannsfrau auf.

Eine alte Frau, Witwe eines Hauptmanns, die kam mit einem Medaillon an, einem Geschenk ihres verstorbenen Mannes, ein Erinnerungsstück, das Übliche halt. Ich habe ihr dreißig Rubel dafür gegeben. Da fing sie erbärmlich an zu jammern und drang in mich, das Stück bloß ja niemand anderem zu verkaufen, und natürlich taten wir das auch nicht. Kurz und gut, nach fünf Tagen kommt sie also wieder, um das Medaillon gegen einen Armreifen auszutauschen, der keine acht Rubel wert war. Das habe ich rundweg abgelehnt. Aber offenbar hat sie bei dieser Gelegenheit irgendetwas in den Augen meiner Frau gelesen, denn sie erschien noch einmal, als ich nicht da war, und da hat meine Frau ihr das Medaillon eingetauscht.

Ich erfahre noch am selben Tag davon und führe ein kurzes, aber entschlossenes und vernünftiges Gespräch mit ihr. Sie sitzt auf dem Bett, sieht zu Boden und tippt mit der rechten Fußspitze immer wieder auf den Teppich (eine typische Angewohnheit von ihr). Ein gemeines Lächeln liegt auf ihren Lippen. Da habe ich ihr ganz ruhig, ohne die Stimme auch nur im Geringsten zu erheben, erklärt, dass es *mein* Geld ist, dass ich das Recht habe, das Leben mit *meinen* Augen zu sehen, und dass ich ihr das bereits auseinandergesetzt hatte, bevor ich sie in mein Haus holte.

Da springt sie plötzlich auf, zittert plötzlich am ganzen Körper und – das muss man sich einmal vorstellen! – tritt tatsächlich mit den Füßen nach mir. Das war ein Tier, das war Raserei, das war ein rasendes Tier. Vor Entsetzen stand ich wie versteinert da: Mit einem solchen Ausbruch hätte ich bei ihr nie im Leben gerechnet. Aber ich vergaß mich nicht, ich machte nicht die kleinste Bewegung und erklärte ihr mit der gleichen ruhigen Stimme geradeheraus, dass ich sie fortan von der Arbeit in meinem Geschäft entbände. Sie lachte mir nur ins Gesicht und verließ die Wohnung.

Dazu muss man wissen, dass sie kein Recht hatte, die Wohnung zu verlassen. Ohne mich durfte sie nirgends hingehen, das hatten wir noch vor der Hochzeit vereinbart. Gegen Abend kam sie zurück. Ich sagte kein Wort.

Am nächsten Tag ist sie gleich früh am Morgen abermals fortgegangen, am übernächsten ebenfalls. Daraufhin habe ich die Pfandleihe abgeschlossen und mich zu den Tanten begeben. Mit ihnen hatte ich eigentlich unmittelbar nach der Hochzeit gebrochen, sie kamen nicht zu uns, wir gingen nicht zu ihnen. Nur war sie dann überhaupt nicht bei ihnen. Die Tanten hörten meine Geschichte voller Neugier an und verspotteten mich ganz offen. «Sie kriegen nur, was Sie verdienen!», zischten sie. Mit ihrem Spott hatte ich allerdings gerechnet. Dann schmierte ich die jüngere Tante, die Jungfrau, mit hundert Rubeln, wobei ich ihr fünfundzwanzig im Voraus gab. Nach zwei Tagen kommt sie zu mir. «Also da ist so ein Offizier im Spiel», sagt sie, «so ein Jefimowitsch, ein Leutnant, der früher mal Ihr ehemaliger Kamerad beim Regiment war.» Ich war wie vor den Kopf geschlagen. Dieser Jefimowitsch hatte mir mehr zugesetzt als jeder andere im Regiment, und vor einem Monat ist er, dieser schamlose Kerl, mehrmals zu mir in die Pfandleihe gekommen, vorgeblich, um etwas zu versetzen, und ich erinnere mich noch, wie er damals mit meiner Frau gescherzt hat. Ich bin damals natürlich sofort an ihn herangetreten und habe ihm gesagt, er solle sich ja nicht erdreisten, noch einmal wiederzukommen, das verböte sich ja wohl von selbst, so wie wir zueinander stünden. Nie im Leben hätte ich jedoch etwas dieser Art gemutmaßt, ich habe doch lediglich vermutet, er nehme sich mir gegenüber eine weitere Frechheit heraus. Und jetzt eröffnet mir die Tante aus heiterem Himmel, dass bereits ein Rendezvous ausgemacht sei, arrangiert von einer früheren Bekannten der Tanten, einer gewissen Julija Samsonowna, einer Witwe, noch dazu von einem Oberst. «Ihre Gattin», sagt mir die jüngere Tante, «sucht diese Witwe gerade noch einmal deswegen auf.»

An dieser Stelle raffe ich. Jedenfalls hat mich das Ganze knapp dreihundert Rubel gekostet, dafür war binnen zwei Tagen aber auch alles so eingerichtet, dass ich im Nebenzimmer hinter einer angelehnten Tür warten und das erste traute Rendezvous meiner Frau mit Jefimowitsch belauschen konnte. Bereits in Erwartung dessen war es noch am Vorabend zu einer kurzen, für mich jedoch höchst aufschlussreichen Szene zwischen uns beiden gekommen.

Als sie gegen Abend nach Hause zurückgekehrt war, hat sie sich aufs Bett gesetzt, mich spöttisch angesehen und mit der Fußspitze auf den Teppich getippt. Wie ich sie so betrachte, geht mir plötzlich auf, dass sie im letzten Monat oder genauer gesagt in den letzten beiden Wochen wie ausgewechselt gewesen war, man könnte sogar sagen, dass sie das völlige Gegenteil von sich selbst geworden war: Mit einem wilden, angriffsfreudigen Wesen hatte ich es da zu tun gehabt, das ich zwar nicht gerade als schamlos bezeichnen würde, aber doch als aufsässig und den Kampf suchend. Geradezu auf Kampf erpicht. Ihre Sanftmütigkeit hat da natürlich bloß gestört. Wenn eine sanftmütige Frau einmal rebelliert, dann mag sie zwar alle Zügel schießen lassen, dennoch sieht man ihr auf den ersten Blick an, dass sie sich Gewalt antut, sich verleugnet und bei der ihr eigenen Keuschheit und Scham mit der neuen Situation einfach nicht fertigwird. Daher schießen solche Frauen oft derart weit über ihr Ziel hinaus, dass du deinem eigenen Verstand, der all das genau beobachtet, nicht mehr traust. Die der Ausschweifung ohnehin zugeneigte Seele begehrt zwar nicht auf, verhält sich dafür jedoch grundsätzlich weitaus hässlicher, wobei sie freilich so tut, als wahre sie genau wie wir Ordnung und Anstand, am Ende aber genau dadurch über uns triumphiert.

«Stimmt es eigentlich, dass Sie aus dem Regiment gejagt wurden, weil Sie zu feige waren, die Forderung zu einem Duell anzunehmen?», fragte sie mich mit einem Mal, völlig aus heiterem Himmel, und ihre Augen funkelten.

«Ja. Die Offiziere waren dahingehend übereingekommen, mich zu bitten, das Regiment zu verlassen, obwohl ich, nebenbei bemerkt, bereits längst aus eigenem Antrieb meinen Abschied eingereicht hatte.»

«Sie wurden also als Feigling davongejagt?»

«Ja, sie haben mich als Feigling abgeurteilt. Ich habe das Duell jedoch nicht abgelehnt, weil ich feige war, sondern weil ich mich ihrem tyrannischen Urteil nicht beugen und jemanden zum Duell fordern wollte, obwohl er mich persönlich überhaupt nicht beleidigt hatte. Sie müssen wissen», brach es da plötzlich aus mir heraus, «dass es weitaus mehr Mut verlangte, dieser Tyrannei etwas entgegenzusetzen und alle Folgen dieses Schritts auf sich zu nehmen, als mich auf irgendein Duell einzulassen.»

Damit hatte ich versagt, kam dieser Satz doch einer Rechtfertigung gleich. Darauf hatte sie ja bloß gewartet, auf diese Erniedrigung meinerseits. Sie lachte hässlich.

«Und stimmt es auch, dass Sie danach drei Jahre lang wie ein Vagabund durch Petersburg gezogen sind, um Zehnkopekenstücke gebettelt und unter Billardtischen übernachtet haben?»

«Ich habe sogar im Wjasemski-Kloster am Heumarkt geschlafen.[16] Ja, es stimmt, ich bin durch die Straßen gezogen. Nachdem ich das Regiment verlassen hatte, habe ich Schande auf mich geladen und bin tief gesunken, freilich nicht moralisch gesunken, denn mehr als allen anderen war mir selbst mein Verhalten verhasst. Nein, was mir abhandenkam, das waren mein Wille und mein Verstand, was jedoch einzig auf die Verzweiflung über meine Lage zurückging. All das gehört heute jedoch der Vergangenheit an ...»

«O ja, denn heute sind Sie ja ein gemachter Mann! Ein Finanzier!»

Das war natürlich eine Anspielung auf meine Pfandleihe. Inzwischen hatte ich mich aber bereits wieder im Griff. Sie dürstete ja nur nach Erklärungen, mit denen ich mich selbst herabwürdigte – weshalb ich sie ihr verweigerte. Im Übrigen verlangte gerade ein Kunde nach mir, sodass ich in den Geschäftsraum hinüberging. Als sie sich dann plötzlich eine Stunde später anzog, um das

Haus zu verlassen, blieb sie kurz vor mir stehen und sagte: «Warum haben Sie mir eigentlich vor der Hochzeit kein Wort von alldem gesagt?»

Ich antwortete nicht, und sie ging fort.

Gut, tags darauf stand ich also in diesem Zimmer hinter der Tür, mit meinem Revolver in der Tasche, und lauschte, wie sich mein Schicksal entschied. Sie hatte sich herausgeputzt und saß am Tisch, während Jefimowitsch vor ihr seine Mätzchen machte. Und natürlich: Es kam (das rechne ich mir als Ehre an), es kam also genau so, wie ich es vorausgeahnt und angenommen hatte, selbst wenn ich mir nicht hatte eingestehen wollen, dass ich ebendies vorausgeahnt und angenommen hatte. Keine Ahnung, ob ich mich gerade verständlich ausdrücke.

Jedenfalls kam es so: Eine geschlagene Stunde lauschte ich, wohnte ich dem Duell zwischen einer sehr edlen, einer erhabenen Frau und einem mondänen, verdorbenen dummen Tier mit durch und durch verrohter Seele bei. «Woher», fragte ich mich verwundert, «woher weiß diese naive, diese sanftmütige und wortkarge Frau all das?» Ein scharfsinniger Autor von Komödien, die in Adelskreisen spielen, hätte diese Szene mit all ihren Spitzen und ihrem harmlosen Gelächter, diese Szene, in der die Unschuld mit heiliger Verachtung über das Laster siegt, nicht besser schreiben können. Und welcher Glanz in jedem ihrer Worte und Wörtchen gelegen hat! Welche Schärfe in den Antworten, die wie aus der Pistole geschossen kamen, welch Wahrheit in ihrem Urteil! Und – gleichzeitig – welch nahezu jungfräuliche Naivität. Sie lachte ihm bei all seinen Liebesbeteuerungen, Gesten und Avancen freiheraus ins Gesicht. Nachdem er die Sache zunächst recht hemdsärmelig angegangen war, da er ja nicht mit Widerstand gerechnet hatte, wirkte er nun mit einem Mal wie vor den Kopf geschlagen. Anfangs hätte selbst ich beinah gedacht, es ginge ihr schlicht und ergreifend ums Kokettieren – ein Kokettieren, mit dem eine «wenn auch verdorbene, so doch scharfsinnige Frau ihren Wert in die Höhe treibt». Aber nein, die Wahrheit strahlte wie die Sonne, jeder Zweifel verbot sich von selbst. Einzig aus Hass, aus irregeleitetem und ungestümem Hass auf mich, hatte sie, dieses unerfahrene Mädchen, dieses Rendezvous herbeigeführt – doch kaum stand sie dem Mann gegenüber, gingen ihr die Augen auf. Sie hatte nichts unversucht gelassen, mich zu beleidigen, hatte sich sogar zu diesem Dreck verstiegen, ertrug dann jedoch selbst nicht, was sie angerichtet hatte. Ja, könnte denn Jefimowitsch oder irgendeine andere dieser mondänen Kreaturen ihr, einer makellosen und reinen Frau voller Ideale, überhaupt je gefallen? Pah, zum Lachen komisch fand sie ihn! Die reine Wahrheit schrie da aus ihrer Seele, und ihre Missbilligung entlockte ihrem Herzen nichts als Sarkasmus. Dieser Possenreißer, das sei wiederholt, saß schließlich wie vor den Kopf geschlagen mit finsterer Miene da und brachte kaum noch ein Wort heraus, sodass ich schon fast fürchtete, er würde sich hinreißen lassen, sie aus niederer Rachsucht zu beleidigen. Und auch das sei wiederholt: Ich rechne es mir zur Ehre an, dass ich diese Szene nahezu ohne jede

Verwunderung belauscht habe. Fast als wäre ich nur hergekommen, um zu hören, was ich bereits wusste. Um zu entdecken, was ich bereits kannte. Ohne irgendeine Ahnung oder Anklage hatte ich mich hier eingefunden, auch wenn ich einen Revolver in der Tasche trug – so sieht die Wahrheit aus! Ja, hätte ich mir denn wirklich etwas anderes bei ihr vorstellen können?! Warum liebte und schätzte ich sie denn, warum hatte ich sie denn geheiratet?! Oh, sicher, ich war allzu fest davon überzeugt, dass sie mich damals hasste, gleichzeitig aber auch fest davon überzeugt, dass sie sich makellos verhalten werde. Ich beendete die ganze Szene dann abrupt, indem ich die Tür öffnete. Jefimowitsch sprang auf, ich griff nach ihrer Hand und forderte sie auf, mit mir zusammen diese Wohnung zu verlassen.

Jefimowitsch kam nun endlich wieder zu sich und brach in lautes, schallendes Gelächter aus. «Oh, gegen die heiligen Gattenrechte werde ich mich natürlich nicht stellen, nehmen Sie sie also mit, nehmen Sie sie ruhig mit! Und lassen Sie sich noch eins gesagt sein», schrie er mir hinterher, «auch wenn Sie einem anständigen Mann das Recht verweigern, sich mit Ihnen zu schlagen, bin ich Ihnen doch aus Respekt gegenüber der Dame stets zu Diensten … Falls Sie mich denn je herausfordern wollen …»

«Hören Sie sich das nur an!», sagte ich in der Tür zu ihr.

Danach wechselten wir bis zu unserem Haus kein Wort mehr. Ich führte sie am Arm, sie hatte nichts dagegen. Im Gegenteil, sie war am Boden zerstört, dies jedoch nur, bis wir zu Hause anlangten. Kaum hatten wir die Wohnung betreten, setzte sie sich auf einen Stuhl und starrte mich an. Sie war kreidebleich. Obwohl ihre Lippen sich sogleich zu einem spöttischen Lächeln verzogen, sah sie mich in geradezu triumphierender und strenger Provokation an und schien in den ersten Minuten allen Ernstes überzeugt, dass ich sie mit dem Revolver erschießen würde. Ich holte die Waffe jedoch bloß schweigend aus der Tasche und legte sie auf den Tisch. Sie stierte abwechselnd auf mich und auf den Revolver. (Und auch das ist von Bedeutung: Diesen Revolver kannte sie bereits. Ich hatte ihn mir zugelegt und auch gleich geladen, kaum dass ich meine Pfandleihe eröffnet hatte. Denn als ich diese Tätigkeit aufnahm, hatte ich beschlossen, mir keinen großen Hund oder starken Lakaien zu halten, wie zum Beispiel Moser es tat. Stattdessen werden Besucher bei mir von der Köchin hereingebracht. In unserem Metier braucht man allerdings einen gewissen Selbstschutz, deshalb habe ich mir den geladenen Revolver zugelegt. Als sie in mein Haus kam, hat sie sich anfangs sehr für diesen Revolver interessiert und mich ausgefragt, worauf ich ihr sogar die Mechanik und die Funktionsweise erklärt habe, ja mehr noch, ich habe sie sogar einmal überredet, auf ein Ziel zu schießen. Das bitte ich zu beachten.) Ohne mich um ihren erschrockenen Blick zu scheren, legte ich mich noch halb angezogen aufs Bett. Ich war sehr erschöpft: Es war bereits gegen elf Uhr. Sie blieb unverändert gut eine Stunde an derselben Stelle sitzen, rührte sich nicht, dann löschte sie die Kerze und legte sich, ebenfalls in Straßenkleidung, auf den Diwan, der an der Wand stand. Zum ersten Mal schlief sie nicht neben mir – auch das gilt es zu beachten …

VI. Eine schreckliche Erinnerung

Jetzt zu dieser schrecklichen Erinnerung …

Als ich am anderen Morgen aufgewacht bin, um kurz nach sieben, glaube ich jedenfalls, da war es im Zimmer bereits fast taghell. Ich war schlagartig wach, gleich bei vollem Bewusstsein, musste nicht blinzeln. Sie stand vor dem Tisch und hielt den Revolver in Händen. Plötzlich kommt sie auf mich zu. Rasch schloss ich die Augen und gab vor, tief zu schlafen.

Sie trat ans Bett heran und blieb dicht davor stehen. Ich hörte alles. Ja selbst die Totenstille, die sich ausbreitete, selbst die hörte ich. Mit einem Mal erfasste mich ein Krampf, und ich schlug unkontrolliert, gegen meinen Willen, die Augen auf. Sie sah mir direkt ins Gesicht, in die Augen, während der Revolver bereits auf meine Schläfe zielte. Unsere Blicke kreuzten sich. Doch wir sahen einander nicht länger als für den Bruchteil einer Sekunde an. Unter Aufbietung aller Kräfte schloss ich die Augen erneut und nahm mir fest vor, mich nicht mehr zu rühren und die Augen nicht zu öffnen, was auch immer mich erwarten mochte.

Es kommt ja tatsächlich manchmal vor, dass ein tief schlafender Mensch plötzlich die Augen aufreißt, sogar für eine Sekunde den Kopf hebt und sich im Raum umsieht, den Kopf dann aber schon in der nächsten Sekunde völlig abwesend wieder auf das Kissen legt und einschläft, ohne sich an irgendetwas zu erinnern. Daher hätte sie, wo sich unsere Blicke doch bereits gekreuzt hatten und mir ja auch der Revolver an meiner Schläfe nicht entgangen war, wo ich die Augen dann jedoch wieder schloss und mich nicht rührte, ganz wie jemand, der tief schläft, also durchaus annehmen können, ich schliefe wirklich und hätte rein gar nichts mitbekommen, vor allem weil es ja höchst unwahrscheinlich war, dass ich die Augen wieder schloss, *nachdem* ich gesehen hatte, was ich gesehen hatte.

Eben, völlig unwahrscheinlich war das. Vielleicht hat sie aber trotzdem die Wahrheit erkannt – auch das schoss mir in diesem Moment durch den Kopf. Überhaupt, was da an Gedanken und Überlegungen im Bruchteil einer Sekunde durch meinen Kopf fegte, gepriesen sei sie, die Elektrizität des menschlichen Denkens! Denn (das begriff ich sofort), denn sollte sie die Wahrheit erkannt haben und folglich wissen, dass ich nicht schlief, dann hätte ich sie allein mit meiner Bereitschaft, den Tod zu akzeptieren, in die Knie gezwungen, sodass ihr die Hand jetzt gut und gern zittern könnte. Dann könnte die bisherige Entschlossenheit an dieser neuen und nie für möglich gehaltenen Erkenntnis zerschellen. Es heißt, wer auf dem Gipfel steht, den zieht es quasi in den Abgrund, nach unten. Meiner Ansicht nach werden etliche Morde und Selbstmorde ohnehin nur begangen, weil jemand den Revolver bereits in der Hand hält. Auch in diesem Fall steht man vor einem Hang mit einer Neigung von fünfundvierzig Grad, den man unweigerlich hinunterrutscht, ganz wie einen etwas mit unwiderstehlicher Kraft dazu bringt, abzudrücken. Das Bewusstsein indes, dass ich alles gesehen hatte, alles wusste und schweigend auf den Tod durch ihre Hand wartete – genau das konnte sie vor dem Hinunterrutschen bewahren.

Die Stille hielt an, und mit einem Mal spürte ich, wie kaltes Eisen meine Schläfe, mein Haar berührte. Sie fragen: Hoffte ich wirklich darauf, mit dem Leben davonzukommen? Ich will Ihnen antworten wie meinem Gott: Ich hatte nicht die geringste Hoffnung, außer vielleicht eine Chance von eins zu hundert. Weshalb nahm ich den Tod in Kauf? Da kann ich nur mit einer Gegenfrage antworten: Was für ein Leben wäre das denn gewesen, nachdem das von mir vergötterte Wesen den Revolver gegen mich erhoben hatte? Abgesehen davon wusste ich mit der ganzen Kraft meines Selbst, dass in diesem Augenblick ein Kampf zwischen uns stattfand, ein schreckliches Duell, bei dem es um Leben und Tod ging, ein Duell, an dem ebenjener Feigling von gestern teilnahm, der für seine Feigheit von seinen Kameraden davongejagt worden war. Ich wusste das und sie wusste das, so sie denn die Wahrheit, dass ich nicht schlief, erkannt hatte.

Vielleicht war auch alles ganz anders, vielleicht habe ich all das damals gar nicht gedacht, aber letzten Endes muss es so gewesen sein, wenn auch ohne dass ich dabei genau dies gedacht habe, denn danach habe ich nichts anderes mehr getan, als in jeder Stunde meines Lebens ebendarüber nachzudenken.

Und schon wieder kommen Sie mir mit einer Frage: Warum wollte er sie eigentlich nicht vor der Gräueltat bewahren? Oh, diese Frage habe ich mir danach selbst tausendmal gestellt – jedes Mal wenn ich mit einem kalten Schauer im Rücken an diese Sekunde zurückgedacht habe. Aber meine Seele befand sich ja damals in düsterer Verzweiflung: Ich lag ja längst im Sterben, lag ja eben selbst längst im Sterben – wie sollte ich da jemand anders retten? Und woher wollen Sie überhaupt wissen, dass ich sie damals nicht retten wollte? Woher soll denn irgendjemand wissen, was ich damals empfunden habe?

Mein Bewusstsein jedenfalls brodelte. Die Sekunden verrannen, die Stille war tödlich. Sie stand noch immer neben mir – bis ich dann plötzlich vor Hoffnung erzitterte! Rasch öffnete ich die Augen. Sie war tatsächlich nicht mehr im Raum. Ich erhob mich vom Bett: Ich hatte gewonnen – und sie war ein für alle Mal besiegt!

Mich verlangte nach einem Tee. Der Samowar stand bei uns im Geschäftsraum, den Tee schenkte stets sie für uns beide aus. Schweigend setzte ich mich an den Tisch und erhielt von ihr ein Glas Tee. Nach fünf Minuten spähte ich zu ihr hinüber. Sie war schrecklich bleich, noch blasser als gestern, und sah mich offen an. Und plötzlich … also, als sie sah, dass ich sie beobachtete, da lächelte sie plötzlich blass mit ihren blassen Lippen, und in ihren Augen las ich eine schüchterne Frage. Ja, zweifelt sie denn immer noch und grübelt, ob ich etwas weiß oder nicht, ob ich etwas gesehen habe oder nicht? In größter Ruhe senkte ich den Blick. Nachdem ich den Tee getrunken hatte, schloss ich die Pfandleihe ab, ging zum Markt und kaufte ein Eisenbett sowie einen Wandschirm. Wieder zu Hause, befahl ich, das Bett im Geschäftsraum aufzustellen, geschützt hinter dem Schirm. Das sollte ihr Bett sein, doch das erwähnte ich mit keinem Wort. Sie indes verstand auch ohne Worte, allein durch dieses Bett, dass ich «alles gesehen hatte und alles wusste», dass jeder Zweifel daran ausgeräumt war. Sie zog sich zur Nacht schweigend in ihr neues Bett zurück: Die Ehe war aufgelöst, sie «besiegt, aber nicht exkulpiert». In dieser Nacht litt sie an einem Albtraum, am Morgen fieberte sie. Sechs Wochen lang musste sie das Bett hüten.

KAPITEL 2

I. Der Schlaf des Stolzes

Lukerja hat mir gerade mitgeteilt, sie werde nicht länger bei mir bleiben und gehen, sobald die gnädige Frau beerdigt sei. Ich habe fünf Minuten auf Knien gebetet, obwohl ich doch eigentlich eine Stunde hatte beten wollen, aber ich denke die ganze Zeit nach, denke, und stets bloß schmerzliche Gedanken, außerdem habe ich Kopfschmerzen – und was soll ich auch beten, Sünde bleibt Sünde! Merkwürdig ist, dass ich nicht schlafen will. Wenn das Leid groß, viel zu groß ist, dann will man doch nach den ersten heftigsten Erschütterungen stets schlafen. Zum Tode Verurteilte schlafen in ihrer letzten Nacht ja angeblich besonders fest. Und so muss es auch sein, das verlangt die Natur, man hätte ja gar nicht die Kraft, dergleichen auszuhalten … Ich habe mich auf den Diwan gelegt, bin aber nicht eingeschlafen …

… in den sechs Wochen ihrer Krankheit haben wir uns Tag und Nacht um sie gekümmert, ich, Lukerja und eine gelernte Pflegerin aus dem Krankenhaus, die ich verpflichtet hatte. Um das Geld tat es mir nicht leid, ich wollte sogar unbedingt etwas für sie ausgeben. Ich habe Doktor Schröder gerufen und ihm zehn Rubel pro Visite bezahlt. Sobald sie bei klarem Bewusstsein war, habe ich darauf geachtet, dass sie mich nur selten sah. Wieso komme ich jetzt bloß darauf? Als sie wieder aufstehen konnte, setzte sie sich ruhig und schweigend in meinem Zimmer an einen Tisch, den ich ebenfalls eigens für sie in dieser Zeit gekauft hatte … Ja, völlig richtig, wir haben kein einziges Wort miteinander gesprochen. Das heißt, wir haben schon miteinander gesprochen, jedoch nur über banale Dinge. Ich habe mich natürlich absichtlich nicht über den Vorfall ausgelassen, aber ich habe auch sehr genau bemerkt, dass sie irgendwie froh war, nicht mehr sagen zu müssen als unbedingt nötig. Mir kam das völlig natürlich ihrerseits vor. «Sie ist ja viel zu erschüttert und hat eine bittere Niederlage hinnehmen müssen», dachte ich, «und natürlich braucht sie Zeit, das zu vergessen und sich wieder an alles zu gewöhnen.» So haben wir denn beide geschwiegen, insgeheim wappnete ich mich jedoch gegen das, was eines Tages unweigerlich kommen würde. Ich habe angenommen, ihr ergehe es genauso, und rätselte daher eifrig: «Worüber genau grübelt sie wohl gerade nach?»

Noch etwas: Selbstverständlich weiß niemand, was ich alles ertragen habe, als ich während ihrer Krankheit an ihrem Bett gestöhnt habe. Denn ich stöhnte ja nur innerlich, habe mein Stöhnen sogar vor Lukerja verheimlicht, indem ich es nicht aus meiner Brust ließ. Ich konnte mir einfach nicht vorstellen, ja nicht einmal den Gedanken zulassen, dass sie sterben würde, ohne dass sie die Wahrheit kannte. Als sie außer Lebensgefahr war und ihre Kräfte allmählich zurückkehrten, habe ich mich, das weiß ich noch genau, schnell wieder gefasst. Mehr noch, ich habe beschlossen, das, was eben eines Tages kommen musste, so lange wie möglich aufzuschieben und zunächst den gegebenen Stand der Dinge beizubehalten. Was in mir vorging, war schon merkwürdig und eigenwillig, anders kann ich es nicht nennen: Ich hatte triumphiert, und es stellte sich heraus, dass das Wissen darum mir genügte. So verging der ganze Winter. Oh, ich war damals zufrieden wie nie zuvor, und das den ganzen Winter über.

Sehen Sie: Da gab es doch diese schreckliche Erfahrung in meinem Leben, die mich bis zu diesem Moment, will heißen, bis zu der Katastrophe mit meiner Frau, jeden Tag und jede Stunde bedrückt hat, und damit meine ich ebenden Verlust meiner Reputation und den Abschied vom Regiment. Mit anderen Worten: diese tyrannische Ungerechtigkeit mir gegenüber. Es stimmt, die Kameraden mochten mich wegen meines schwierigen Charakters nicht leiden, vielleicht auch wegen meines komischen Charakters nicht, schließlich kommt es ja häufig vor, dass genau das, was man selbst achtet, was für einen selbst einen echten Schatz darstellt, was man verehrt, aus irgendeinem Grund für andere, so für die meisten meiner Kameraden, einen Grund zur Belustigung darstellt. Im Übrigen hat mich nie jemand gemocht, nicht einmal in der Schule. Mich haben alle immer und überall geschnitten. Selbst Lukerja kann mich nicht leiden. Der Vorfall im Regiment mag zwar eine Folge der allgemeinen Abneigung gegen mich gewesen sein, ihm haftete jedoch ohne Zweifel etwas Zufälliges an. Allerdings gibt es meiner Ansicht nach nichts Beleidigenderes und Unerträglicheres, als an einem Zufall zugrunde zu gehen, zu dem es ja auch gar nicht hätte kommen müssen, als an einem unglücklichen Zusammentreffen von Umständen zugrunde zu gehen, die ja auch wie Wolken an einem hätten vorüberziehen können. Für ein intelligentes Wesen ist das erniedrigend. Dieser Zufall nun war folgender.

Ich bin einmal in einer Theaterpause zum Büfett gegangen. Da stolziert plötzlich Husar A-w heran, der zwei anderen Husaren in seiner Begleitung lauthals, sodass alle anwesenden Offiziere und das versammelte Publikum es hörten, verkündete, der Hauptmann unseres Regiments Besumzew führe sich in einem der Gänge ganz furchtbar auf und sei «anscheinend betrunken». Ich sprach ihn nicht darauf an, vor allem weil es ja gar nicht stimmte, der Hauptmann Besumzew war weder betrunken, noch führte er sich furchtbar auf, das schon gar nicht. Die Husaren wechselten dann das Thema, damit war die Sache für mich erledigt, doch am nächsten Tag machte die Geschichte in unserem Regiment die Runde, und es hieß dann auch gleich, von unserem Regiment sei einzig ich am Büfett gewesen und ich hätte den Husar A-w, als er sich so dreist über Hauptmann Besumzew äußerte, nicht zum Schweigen gebracht. Aber warum hätte ich das tun sollen? Wenn er etwas gegen Besumzew hatte, dann war das ihre persönliche Angelegenheit, was sollte ich mich da einmischen? Die Offiziere vertraten jedoch die Ansicht, dass dies eben keine persönliche Angelegenheit sei, sondern das ganze Regiment betreffe, und da nun aber von den Offizieren unseres Regiments einzig ich anwesend gewesen sei, hätte ich also mit meinem Schweigen allen Offizieren am Büfett und auch dem versammelten Publikum vor Augen geführt, dass es in unserem Regiment Offiziere gebe, die es mit ihrer eigenen und der Ehre des Regiments nicht so genau nähmen. Dieser Ansicht konnte ich nicht zustimmen. Mir wurde zu verstehen gegeben, dass ich selbst jetzt noch alles ins Lot bringen könnte, wenn ich denn nur – obwohl dieser Schritt eben schon sehr spät komme – den Husaren A-w in aller Form herausforderte. Das wollte ich erst recht nicht, und weil ich so erzürnt war, lehnte ich voller Stolz ab. Gleich danach nahm ich meinen Abschied, und das ist auch schon die ganze Geschichte. Aber so stolz ich das Regiment auch verließ, innerlich war ich gebrochen. Mein Wille und mein Verstand waren mir verloren gegangen. Hinzu kam, dass meiner Schwester Mann in Moskau unser bescheidenes Vermögen und auch meinen Anteil daran, eine geradezu lächerliche Summe, restlos durchgebracht hatte, sodass ich mit einem Mal mittellos dastand. Sicher, ich hätte irgendwo unabhängig vom Militär in Dienst treten können, aber das tat ich nicht: Nach der glänzenden Uniform hätte ich nicht einfach in die eines Eisenbahners schlüpfen können. Nein, wenn schon Schande, dann richtig, wenn schon Schimpf, dann richtig, und wenn schon Abstieg, dann richtig, je schlimmer, desto besser – so sah die Sache für mich damals aus. Es folgten drei Jahre nichts als düstere Erinnerungen und sogar das Wjasemski-Kloster. Vor anderthalb Jahren starb jedoch in Moskau hochbetagt eine Frau, meine Patin, und überraschenderweise bedachte sie neben anderen auch mich in ihrem Testament und vermachte mir dreitausend Rubel. Nach einigem Überlegen beschloss ich, mein Schicksal wieder selbst in die Hand zu nehmen. So entschied ich mich für die Pfandleihe, denn mich mit den Menschen aussöhnen, das wollte ich nicht. Geld, ein Eckchen fernab – und ich hätte ein neues Leben, weit weg von den alten Erinnerungen, genau das war mein Plan. Dennoch setzten mir die düstere Vergangenheit und mein für alle Ewigkeiten beschädigter Ruf jede Stunde, jede Minute zu. Dann habe ich jedoch geheiratet. Ob zufällig oder nicht, das weiß ich nicht. Aber als ich sie in mein Haus holte, da habe ich gedacht, einen Freund bei mir aufzunehmen, denn einen Freund hatte ich mehr als alles andere nötig. Freilich habe ich auch klar gesehen, dass ich diesen Freund erst vorbereiten, formen und – ja, auch das – besiegen musste. Wie hätte ich denn einer voreingenommenen sechzehnjährigen Frau das Ganze auch erklären sollen? Wie hätte ich zum Beispiel ohne diese zufällige Hilfe, welche die schreckliche Katastrophe mit dem Revolver darstellte, glaubhaft machen sollen, dass ich eben kein Feigling bin und dass man mich zu Unrecht im Regiment als Feigling bezeichnet hatte? Da kam mir die Katastrophe also gerade recht. Indem ich den Revolver nicht wegschob, rächte ich mich für meine ganze düstere Vergangenheit. Und auch wenn nie jemand davon erfahren hat, *sie* hat es doch gewusst, und das bedeutete alles für mich, denn sie bedeutete alles für mich, alle Hoffnung auf eine Zukunft, wie ich sie mir erträumte! Sie war der einzige Mensch, den ich mir geschaffen hatte, ein anderer war aber auch gar nicht nötig – und nun kannte sie die Wahrheit. Zumindest wusste sie nun, dass sie sich vorschnell und ungerechtfertigt mit meinen Feinden eingelassen hatte. Dieser Gedanke berauschte mich. Damit konnte ich in ihren Augen ja wohl nicht länger als Schuft dastehen, höchstens noch als Kauz, aber nach allem, was geschehen war, gefiel mir auch dieser Gedanke: Kauzigkeit ist kein Laster, im Gegenteil, manchmal zieht sie einen weiblichen Charakter sogar an. Kurz und gut, ich ging die Sache ganz bewusst gelassen an: Das, was bereits geschehen war, beruhigte mich mehr als genug und barg mehr als ausreichend Bilder und Material für meine Träume in sich. Das ist ja das Fatale, dass ich ein Träumer bin: Mir reichte dieses Material, und was sie anging, da meinte ich, auch das werde sich *finden*.

So verging der ganze Winter, in diesem unbestimmten Warten auf irgendetwas. Ich liebte es, sie zuweilen verstohlen zu betrachten, wenn sie an ihrem kleinen Tisch saß. Sie erledigte ihre Arbeit, kümmerte sich also um die Wäsche, und abends las sie gelegentlich Bücher, die sie meinem Schrank entnommen hatte. Das Angebot im Schrank sollte ja ebenfalls für mich sprechen. Sie verließ das Haus fast nie. Vor der Abenddämmerung, nach dem Essen,[17] führte ich sie aber immer zu einem Spaziergang aus, und wir drehten unsere Runde, obendrein nicht mehr völlig schweigend wie bisher. Es war mir sogar daran gelegen, dass niemand auf die Idee kam, wir schwiegen miteinander, sondern dass alle meinten, wir redeten vertraulich miteinander, doch wir hielten es, wie bereits erwähnt, beide so, dass wir nicht über jenen Vorfall sprachen. Ich mied das Thema absichtlich, und sie, so dachte ich, «braucht Zeit». Irritierend ist freilich, dass mir fast bis zum Ende des Winters nie auffiel, dass ich ihren Blick, gerade wo ich sie ja so gern heimlich beobachtete, kein einziges Mal auf mich gerichtet fand! Allerdings vermutete ich, es läge an ihrer Schüchternheit. Denn sie besaß ja nun einmal diese schüchterne Sanftmut, obendrein war sie nach der Krankheit entkräftet. Warte besser noch, dann … dann wird sie eines Tages schon «von sich aus zu dir kommen».

Dieser Gedanke rief eine unbändige Freude in mir hervor. Allerdings sei gleich ergänzt: Mitunter hetzte ich mich bewusst selbst auf, bis mein Gemüt und mein Verstand tatsächlich überzeugt waren, ich hätte Grund, ihr irgendetwas zu verübeln. Das hielt dann eine gewisse Zeit an. Doch mein Hass reifte nie heran, nistete sich nie in meiner Seele ein. Und auch ich selbst spürte, dass all das irgendwie nur ein Spiel war. Im Übrigen habe ich, obwohl ich doch mit dem Kauf von Bett und Wandschirm die Ehe aufgelöst hatte, in ihr nie, niemals eine Verbrecherin gesehen. Und zwar nicht deshalb, weil ich ihr Verbrechen auf die leichte Schulter genommen hätte, sondern einzig und allein deshalb, weil ich ihr vom ersten Tag an, noch ehe ich das Bett gekauft hatte, vorbehaltlos verzeihen wollte. In gewisser Weise war auch das sonderbar, denn ich bin sonst moralisch sehr genau. Nur war sie eben in meinen Augen derart besiegt, erniedrigt und zermalmt, dass ich manchmal tiefes Mitleid mit ihr verspürte, auch wenn ich andererseits zuweilen großen Gefallen an dem Gedanken ihrer Erniedrigung fand. Ja, der Gedanke, wie ungleich wir dadurch waren, an dem fand ich Gefallen …

In diesem Winter war es auch, dass ich ganz bewusst einige gute Taten beging. Ich erließ zwei Kunden ihre Schulden und lieh einer armen Frau ohne jedes Pfand Geld. Meiner Frau habe ich davon kein Wort gesagt, denn ich habe es ja nicht getan, damit sie es erfährt. Die Frau selbst kam jedoch noch einmal, um mir zu danken, obendrein fast auf Knien. Auf diese Weise ist die Geschichte herausgekommen. Ich glaube, sie hat von dem Fall dieser Frau wirklich gern erfahren.

Dann aber nahte der Frühling, es war bereits Mitte April, die Fenster wurden vom doppelten Rahmen[18] befreit, und die Sonne erhellte mit klaren Strahlen unsere schweigenden Zimmer. Vor meinen Augen hing da aber noch immer ein Schleier, der meinen Verstand blind sein ließ. Ein verhängnisvoller, schrecklicher Schleier! Doch eines Tages ist er plötzlich herabgefallen, und mit einem Mal sah und begriff ich alles! Ob das ein Zufall war, eine Frist, die ablief, oder ob erst ein Sonnenstrahl in meinem dumpfen Verstand Gedanken und Ahnungen entzündet hat? Obwohl – das waren gar keine Gedanken oder Ahnungen, sondern da erblühte eine Kraft, eine Saite, die gerissen war, die nun jedoch vibrierte und zu neuem Leben erwachte und meine ganze verschleierte Seele erhellte, aber auch meinen ganzen teuflischen Stolz neu entzündete. Geradezu ein Blitzschlag war das! Und er kam eben völlig unvermittelt und überraschend. Eines Abends, um fünf, nach dem Essen …

II. Plötzlich fällt der Schleier

Zwei Worte vorweg. Es ist erst einen Monat her, da fiel mir eine merkwürdige Nachdenklichkeit an ihr auf, keine Schweigsamkeit, sondern tatsächlich Nachdenklichkeit. Das war mir auf Anhieb klar. Sie saß damals an einer Arbeit, den Kopf über die Näherei gebeugt, und merkte nicht, dass ich sie beobachtete. Da habe ich auch erst erkannt, wie dünn, wie mager sie geworden war, das Gesicht so blass, die Lippen bleich … all das, das Gesamtbild also, gepaart mit dieser Nachdenklichkeit, hat mich außerordentlich frappiert, wie vor den Kopf geschlagen hat es mich. Schon früher war mir auch dieser leichte, trockene Husten an ihr aufgefallen, vor allem nachts. Sofort stand ich auf und ging zu Schröder, um ihn herzubitten, allerdings ohne ihr davon ein Wort zu sagen.

Schröder kam dann am nächsten Tag. Dieser Besuch verblüffte sie, und sie sah bald Schröder, bald mich an.

«Ich bin doch gesund», sagte sie und lächelte scheu.

Schröder untersuchte sie nicht sehr gründlich (diese Ärzte sind in ihrer Arroganz mitunter derart sorglos), sondern teilte mir in unserem anderen Zimmer lediglich mit, es handle sich um Nachwirkungen ihrer Krankheit und es wäre wohl nicht schlecht, im Frühjahr ans Meer zu fahren oder, falls das unmöglich sei, einfach auf eine Datscha überzusiedeln. Kurz und gut, er sagte nichts, außer dass sie schwach sei oder irgend so etwas. Nachdem Schröder gegangen war, versicherte sie mir plötzlich erneut und mit einem furchtbar ernsten Blick: «Ich bin wirklich ganz gesund.»

Doch nach diesen Worten errötete sie mit einem Mal, sicherlich aus Scham. Ja, ohne Frage aus Scham. Oh, heute verstehe ich das: Sie schämte sich, dass ich mich noch immer wie *ihr Mann* verhielt, mich um sie sorgte, eben immer noch wie ein richtiger Ehemann auftrat. Aber damals verstand ich es halt nicht und schrieb ihre Röte der Demut zu. (Der Schleier!)

Und dann, einen Monat später, saß ich an einem hellen, sonnigen Tag im April um fünf Uhr nachmittags in der Pfandleihe und besorgte die Rechnungsbücher. Mit einem Mal höre ich, dass sie in unserem gemeinsamen Zimmer an ihrem Tisch bei der Arbeit ganz leise, kaum hörbar … singt. Diese Entdeckung machte einen erschütternden Eindruck auf mich, und bis heute begreife ich sie nicht ganz. Bis damals hatte ich sie fast nie singen hören, von den ersten Tagen, als ich sie ins Haus geholt habe und als wir noch herumalbern konnten, indem wir mit dem Revolver auf ein Ziel schossen, einmal abgesehen. Da war ihre Stimme recht kräftig und melodisch gewesen, wenn sie auch falsch sang, aber ihre Stimme war doch furchtbar angenehm und voll. Jetzt dagegen fehlte es ihr an Kraft – oh, nicht dass der Gesang traurig gewesen wäre (es war irgendeine Romanze), aber es war, als habe ihre Stimme einen Sprung, als sei sie gebrochen, als ob dieses zarte Stimmchen überfordert sei, als ob das Lied selbst krank sei. Sie sang nur ganz leise, und als sie abrupt aufstand, da riss die Stimme ab – arm und zart, wie diese Stimme war, riss sie sogar in mitleiderregender Weise ab. Sie hustete, fing dann aber erneut an, sehr leise, kaum hörbar zu singen …

Man mag über meine Verstörtheit lachen, aber niemand wird begreifen, warum ich überhaupt verstört war! Es geht ja beileibe nicht darum, dass sie mir leidtat, o nein, etwas ganz anderes war da im Spiel. Anfangs, also zumindest in den ersten Minuten, vermochte ich es einfach nicht zu glauben, und eine schreckliche Bestürzung erfasste mich, ja, eine schreckliche und merkwürdige, eine schmerzliche und fast rachsüchtige Bestürzung. «Sie singt, noch dazu in meiner Gegenwart!», ging es mir durch den Kopf. «Hat sie etwa völlig vergessen, dass ich auch noch da bin, oder was?!»

Zutiefst erschüttert, rührte ich mich erst nicht von der Stelle, bis ich mich schließlich jäh erhob, meinen Hut nahm und fast wie im Traum das Haus verlassen wollte. Zumindest wusste ich nicht, warum und wohin. Lukerja hielt mir noch den Mantel.

«Sie singt?», sagte ich brummig zu Lukerja. Diese verstand mich nicht und sah mich fragend an, verstand aber auch dann nicht. Vorwerfen konnte ich ihr das allerdings nicht.

«Singt sie zum ersten Mal?»

«Nein, wenn Sie nicht da sind, singt sie öfter», antwortete Lukerja.

An alles, was danach geschah, erinnere ich mich noch mit sämtlichen Einzelheiten. Ich ging die Treppe hinunter, trat aus dem Haus und lief aufs Geratewohl los. Irgendwann rief ich einen Kutscher herbei und wollte mich von ihm schon zur Polizeibrücke bringen lassen, warum auch immer. Aus heiterem Himmel habe ich den Plan dann jedoch wieder fallen lassen, dem Kutscher aber dennoch zwanzig Kopeken gegeben.

«Das ist dafür, dass ich dich überhaupt behelligt habe», sagte ich und bedachte ihn mit einem fast irren Lachen, denn in meinem Herzen rührte sich eine unsagbare Freude.

Mit immer schnelleren Schritten eilte ich nach Hause zurück. Dieser arme Ton mit dem Sprung, der jählings abgerissen war, ertönte plötzlich wieder in meinem Innern. Ich bekam kaum noch Luft. Der Schleier, er fiel, fiel mir von den Augen! Wenn sie schon in meiner Gegenwart sang, dann hatte sie mich vergessen – das war doch ebenso klar wie beängstigend. Und tief in meinem Herzen wusste ich, dass ich mich da nicht irrte. Dennoch loderte in mir eine Freude, die mich sogar meine Furcht vergessen ließ.

Welch bittere Ironie des Schicksals! Schon den ganzen Winter über hatte es ja eigentlich nichts anderes gegeben – und konnte es auch gar nicht geben – als diese Begeisterung in meiner Seele – nur ich selbst, wo war ich denn den ganzen Winter über bloß gewesen? War ich überhaupt irgendwie bei mir gewesen? Ich hastete schnellstens die Treppe hinauf, und keine Ahnung, ob ich dann schüchtern eingetreten bin. Ich erinnere mich nur, dass der Boden unter mir irgendwie bebte und ich wie in einem Fluss zu schwimmen schien. Als ich das Zimmer betrat, saß sie an ihrem alten Platz, nähte und hielt den Kopf geneigt, sang jedoch bereits nicht mehr. Flüchtig und ohne jede Anteilnahme schaute sie zu mir herüber, im Grunde war das nicht einmal ein Blick, lediglich eine Geste, eine alltägliche Geste, eben völlig ohne jede Anteilnahme, wie man sie halt macht, wenn jemand das Zimmer betritt.

Ich ging auf sie zu und setzte mich neben sie auf den Stuhl, ganz eng, fast als wäre ich von Sinnen. Nun bedachte sie mich doch mit einem raschen Blick, allerdings einem erschrockenen: Ich nahm ihre Hand, weiß aber gar nicht mehr, was ich ihr gesagt habe, genauer, was ich ihr habe sagen wollen, denn in dem Moment vermochte ich nicht einmal mehr zusammenhängend zu sprechen. Meine Stimme brach immer wieder und gehorchte mir nicht. Außerdem wusste ich auch nicht recht, was sagen, sondern rang bloß nach Atem.

«Reden wir … komm … sag schon irgendwas!», stammelte ich nur wirr. Doch wie hätte ich jetzt auch einen klaren Gedanken fassen sollen? Sie erschauderte abermals und wich in ihrem Schrecken sogar vor mir zurück, während sie mir ins Gesicht starrte, bis sich plötzlich in ihren Augen *strenges Erstaunen* spiegelte. Ja, ganz genau, Erstaunen, und zwar strenges. Mit großen Augen sah sie mich an. Diese Strenge, dieses strenge Erstaunen bezwang mich endgültig. «Du erwartest also immer noch Liebe von mir? … Liebe?», schien sie voller Erstaunen zu fragen, auch wenn sie schwieg. Aber ich las es ja, las das alles ja. Alles in mir erbebte, und ich warf mich ihr zu Füßen. Ganz genau, ich sank zu ihren Füßen nieder. Sie sprang sofort auf, doch ich packte sie mit enormer Kraft bei den Händen.

Schon damals bin ich mir meiner Verzweiflung bewusst gewesen, o ja, durchaus! Indes, ob Sie es nun glauben oder nicht, brodelte in meinem Herzen ebenjene Freude, die derart überwältigend war, dass ich dachte, ich müsste sterben. Ich küsste ihre Füße voller Ekstase und Glück. Ja, voller Glück, einem maßlosen, einem grenzenlosen Glück, und das, obwohl ich mir meiner ganzen abgrundtiefen Verzweiflung nur zu bewusst war! Ich weinte, stammelte etwas, brachte aber kein gescheites Wort heraus. Da wichen ihr Schreck und ihr Erstaunen mit einem Mal einem verstörenden Gedanken, einer drängenden Frage, sodass sie mich merkwürdig ansah, ja sogar fassungslos ansah, denn sie wollte auf irgendetwas möglichst schnell eine Antwort haben, wobei sie aber in einem fort lächelte. Es war ihr schrecklich peinlich, dass ich ihre Füße küsste, weshalb sie ständig mit ihnen zappelte, nur küsste ich daraufhin jedes Mal die Stelle am Boden, an der sie eben noch gestanden hatten. Als sie das bemerkte, brach sie plötzlich vor lauter Scham in Gelächter aus (Sie kennen das, wenn man vor Scham lacht). Sie erlitt einen hysterischen Anfall, das war mir klar, das sah ich, ihre Hände zitterten ja bereits – aber ich achtete gar nicht darauf, sondern murmelte bloß ständig, wie sehr ich sie liebe und dass ich gar nicht daran dächte, aufzustehen, und: «Lass mich dein Kleid küssen ... so wie jetzt werde ich dich mein ganzes Leben lang anbeten ...» Ach, ich weiß nicht mehr, ich erinnere mich nicht – doch mit einem Mal fängt sie an zu schluchzen und zu zittern. Dieser hysterische Anfall war einfach grauenvoll. Einen solchen Schrecken hatte ich ihr eingejagt ...

Ich trug sie zum Bett hinüber. Sobald der Anfall vorüber war, setzte sie sich auf, griff mit einer schrecklich trostlosen Miene nach meinen Händen und bat mich, dass ich mich beruhige: «Ich bitte Sie, quälen Sie sich nicht, beruhigen Sie sich doch!», und dann fing sie wieder an zu weinen. Den ganzen Abend über blieb ich bei ihr. Ständig wiederholte ich ihr gegenüber, dass ich sie nach Boulogne bringen würde, damit sie im Meer baden könne, und zwar gleich, in den nächsten zwei Wochen, dass ihre zarte Stimme einen Riss habe, das hätte ich vorhin genau gehört, dass ich die Pfandleihe aufgeben, sie an Dobronrawow verkaufen würde, dass alles noch einmal von vorn begänne, vor allem aber, dass wir nach Boulogne führen, nach Boulogne! Sie hörte mir zu und bekam immer mehr Angst. Nur immer noch mehr

Angst. Für mich spielte das kaum eine Rolle, für mich zählte nur, dass ich den immer stärkeren, immer unbezwingbareren Wunsch hatte, ihr wieder zu Füßen zu liegen und meine Küsse zu verteilen, dass ich den Boden küssen wollte, auf dem ihre Füße gestanden hatten, sie wieder anbeten wollte, und dass ich «nichts anderes will, mehr verlange ich ja gar nicht vor dir», diese Worte wiederholte ich ständig, und auch: «Du brauchst mir keine Antwort zu geben, mich nicht einmal zur Kenntnis zur nehmen, nur lass mich dich von einer Ecke aus betrachten, behandle mich ruhig wie ein Möbelstück, wie einen kleinen Hund ...» Sie weinte.

«Und ich habe gedacht, Sie würden mich nun so hinnehmen», brach es unfreiwillig aus ihr heraus, so unfreiwillig, dass sie vielleicht nicht einmal selbst bemerkte, dass sie diese Worte aussprach, während sie für mich ... für mich waren es die entscheidendsten und verhängnisvollsten Worte, die sie je gesagt hat, und durch sie habe ich an diesem Abend endlich begriffen, worum es eigentlich ging, es waren die Worte, die sich wie ein Messer in mein Herz rammten! Durch sie begriff ich alles, einfach alles, doch solange sie nur bei mir war, ich sie sah, hoffte ich wie verrückt und war schrecklich glücklich. An diesem Abend habe ich sie entsetzlich ermüdet, das war mir auch klar, aber ich habe halt die ganze Zeit über gedacht, ich könnte noch am selben Abend alles von Grund auf ändern. Zur Nacht hin war sie schließlich völlig entkräftet, sodass ich sie überredete einzuschlafen, und das tat sie auch, auf der Stelle und tief. Ich rech-

nete mit einem Fiebertraum, der kam auch, doch war es nur einer der leichten Sorte. Die ganze Nacht über stand ich alle paar Minuten auf, um leise, in Pantoffeln, an sie heranzuschleichen und nach ihr zu sehen. An ihrem Bett rang ich die Hände, als ich auf dieses kranke Wesen in diesem ärmlichen Lager blickte, einem Metallbett, das ich ihr für drei Rubel gekauft hatte. Ich ging auf die Knie, wagte es jedoch nicht, die Füße der Schlafenden zu küssen (doch nicht ohne ihr Einverständnis!). Ich wollte schon zu Gott beten, sprang dann aber wieder auf. Lukerja stierte mich an und kam immer wieder aus der Küche herüber. Irgendwann ging ich zu ihr und sagte ihr, sie solle sich hinlegen und morgen beginne «etwas völlig Neues».

Daran glaubte ich ja auch blind, unbedingt und wie wahnsinnig. Welche Freude, welch unbändige Freude erfüllte mich da! Ich konnte den nächsten Tag kaum erwarten. Und ganz bestimmt glaubte ich nicht an irgendein Unglück, ungeachtet aller Vorzeichen. Aber mein Verstand hat eben noch nicht wieder mit alter Kraft gearbeitet, auch wenn der Schleier inzwischen gefallen war, und er sollte es noch eine ganze Weile nicht – pah, bis heute, bis zum heutigen Tag hat er nicht in alter Weise gearbeitet. Aber wie – wie?! – hätte er auch, denn da hat sie ja noch gelebt, da ist sie ja noch bei mir gewesen, und ich bei ihr. «Morgen wacht sie auf, dann erzähle ich ihr alles, und dann versteht sie alles.» Genau das habe ich mir überlegt, ganz klar und einfach, daher ja auch meine Freude! Alles stand und fiel für mich mit der Reise nach Boulogne. Aus unerfindlichen Gründen habe ich nämlich angenommen, alles hänge an Boulogne und dass in Boulogne etwas unwiderruflich zu seinem Abschluss gebracht werde. «Wir fahren nach Boulogne, nach Boulogne! ...» Wie ein Wahnsinniger habe ich auf diesen Morgen gewartet.

III. Ich verstehe nur zu gut

Und das ist doch erst vor ein paar Tagen gewesen, vor fünf Tagen, vor nicht mehr als fünf Tagen, am letzten Dienstag ...! Nein ...! Wenn sie doch bloß noch ein wenig gewartet hätte, ein bisschen bloß, dann ... dann hätte ich die Finsternis vertrieben! Denn hatte sie sich nicht schon wieder gefasst? Am nächsten Tag, da hat sie mir doch mit einem Lächeln zugehört, trotz ihrer ganzen Verwirrung ... Denn in dieser ganzen Zeit, also in diesen ganzen fünf Tagen, da haben ihr bloß Verwirrung und Scham zu schaffen gemacht, und darauf kommt es ja wohl an. Gut, sie hatte auch Angst, große Angst sogar, das will ich gar nicht abstreiten, da werde ich nicht widersprechen, ich bin ja nicht wahnsinnig. Es gab diese Panik, ja – aber meine Güte, wie hätte sie auch keine Angst haben sollen? Wir waren einander doch so lange fremd gewesen, hatten uns gegeneinander abgeschottet, und dann plötzlich all das ... Aber ich achtete nicht weiter auf ihre Panik, dazu lockte das Neue viel zu sehr ...! Ja, es stimmt, ohne Frage stimmt es, dass ich da einen

Fehler gemacht habe. Vielleicht habe ich sogar viele Fehler gemacht. Denn als ich am nächsten Tag noch vor dem Morgengrauen aufwachte (das war am Mittwoch), beging ich sofort einen Fehler: Da behandelte ich sie nämlich gleich wie einen Freund. Damit überstürzte ich die Dinge, preschte viel zu schnell vor, aber ich brauchte diese Beichte so dringend, bitter nötig hatte ich sie, diese Beichte – ach was, noch weit mehr als bloß eine Beichte! Deshalb verheimlichte ich ihr ja auch nichts mehr, nicht einmal das, was ich das ganze Leben vor mir selbst verheimlicht habe. Ich erklärte ihr freiheraus, dass ich sogar den ganzen Winter über nicht ein einziges Mal an ihrer Liebe zu mir gezweifelt hätte. Ich gestand ihr, dass es die Pfandleihe nur gab, weil mein Wille und Verstand versagt hatten, legte ihr dar, warum ich mich selbst gegeißelt und gleichzeitig auf einen Sockel gehoben hatte. Ich habe ihr sogar gesagt, dass ich damals am Büfett wirklich feige gewesen bin, bedingt durch meinen Charakter, bedingt durch meinen Argwohn: Das ganze Ambiente hat mich ja gelähmt, das Büfett hat mich gelähmt. Mich hat die Frage gelähmt: «Wenn ich mich jetzt da einmische, mache ich mich dann nicht lächerlich?» Vor dem Duell hätte ich mich wirklich nicht gefürchtet, aber eben davor, mich lächerlich zu machen … Das hätte ich jedoch nie zugeben wollen, stattdessen hätte ich lieber alle gequält, auch sie, überhaupt hätte ich sie nur geheiratet, um sie quälen zu können. Den größten Teil all dessen habe ich wie im Fieber von mir gegeben. Irgendwann fasste sie nach meiner Hand und bat mich aufzuhören.

«Sie übertreiben … Sie quälen sich selbst» – und gleich wieder mit Tränen in den Augen, gleich wieder kurz vor einem Anfall! Die ganze Zeit hat sie mich gebeten, ich möge schweigen und all das vergessen.

Ich achtete nicht auf die Bitte, oder wenn, dann zu wenig: Wir hatten Frühling, Boulogne wartete! Dort schien die Sonne, dort würde für uns eine neue Sonne scheinen, nur noch davon habe ich gesprochen! Ich gab die Pfandleihe auf, überließ Dobronrawow meine Geschäfte. Ich schlug ihr sogar vor, alles an die Armen zu verteilen und bloß jene dreitausend zu behalten, die von der Patentante stammten, um mit diesem Geld nach Boulogne zu fahren, und anschließend, nach unserer Rückkehr, eine neue ehrliche Arbeit zu suchen. Darauf haben wir uns auch geeinigt, nahm ich jedenfalls an, denn sie sagte kein Wort … sie lächelte nur. Aber wohl eher aus Takt, um mich nicht zu enttäuschen. Denn ich sah doch, dass ich ihr zur Last fiel, glauben Sie ja nicht, dass ich so dumm und ein solcher Egoist gewesen bin, dass ich das nicht gesehen hätte. Ich sah ja alles, noch die letzte Kleinigkeit sah ich und wusste genau Bescheid. Meine Verzweiflung muss mir ins Gesicht geschrieben gewesen sein!

Ich habe ihr alles über mich und auch die ganze Geschichte mit ihr erzählt. Und von Lukerja. Ich habe ihr gesagt, dass ich geweint habe … Sicher, ich habe dann auch das Thema gewechselt oder mich bemüht, bestimmte Dinge unerwähnt zu lassen. Da ging sie dann sogar ein wenig aus sich heraus, ein- oder zweimal, daran erinnere ich mich doch, und wie ich mich daran erinnere! Warum behaupten Sie da, ich hätte hingeguckt, sei aber eben blind gewesen? Denn wenn *das* nicht geschehen wäre, hätten wir doch tatsächlich ein neues Leben begonnen. Schließlich hat sie mir ja selbst noch vor drei Tagen, als das Gespräch auf die Lektüre kam und darauf, was sie in diesem Winter gelesen hat, manches von sich erzählt ... genau, eine Menge hat sie mir erzählt und gelacht, als ihr diese Szene im «Gil Blas»[19] mit dem Erzbischof von Granada eingefallen ist. Mit einem so kindlichen, so lieben Lachen, genau wie vor der Ehe (welch Augenblick, welch Moment!). Wie froh ich da war! Geradezu fassungslos hat mich das gemacht, das mit dem Erzbischof, meine ich. Ist sie also doch ruhigen Gemüts und glücklich gewesen in diesem Winter, denn wie hätte sie sich sonst so über das Meisterwerk amüsieren können ...? Wie gesagt, für mich hieß das, sie hatte sich gefasst, glaubte daran, dass ich sie *so* hinnehmen würde. «Und ich habe gedacht, Sie würden mich nun *so* hinnehmen», das hat sie doch selbst gesagt, am Dienstag! Als ob das nicht der Gedanke einer Zehnjährigen wäre! Und trotzdem hat sie es geglaubt, hat geglaubt, ich würde alles *so* hinnehmen: Sie an ihrem Tisch, ich an meinem, und das immer weiter, bis wir sechzig Jahre alt sind. Und dann komme ich, ihr Mann, und dieser Mann verlangt Liebe! Wie konnte ich nur derart begriffsstutzig, derart blind sein!

Es war auch ein Fehler, sie voller Ekstase anzusehen. Zusammenreißen hätte ich mich sollen, denn meine Freude musste sie ja erschrecken. Dabei habe ich mich doch schon zusammengerissen und ihr nicht mehr als die Füße geküsst. Ich habe auch nie meine Rechte … meine Rechte als Mann eingefordert … oh, das wäre mir im Leben nicht eingefallen, ich wollte sie doch bloß anbeten! Aber wie hätte ich denn rundum schweigen können, wie hätte ich denn überhaupt kein Wort sagen sollen?! Ich habe ihr auch völlig unvermittelt gestanden, dass mir das Gespräch mit ihr Freude bereitet und dass ich sie für unvergleichlich, ja für unvergleichlich viel gebildeter und reifer als mich halte. Da ist sie flammend rot geworden und hat verwirrt erwidert, ich würde übertreiben. Da musste ich Dummkopf auch noch damit herausplatzen, wie begeistert ich damals gewesen bin, als ich hinter der Tür stand und ihr Duell belauschte, dieses Duell zwischen der Unschuld und einem Tier, und wie mich ihr Verstand entzückt hatte, dieser glänzende Scharfsinn, gepaart mit einer so kindlichen Einfalt. Daraufhin schien sie am ganzen Körper zu zittern, wollte auch schon wieder etwas davon stammeln, dass ich übertreibe, doch dann verfinsterte sich plötzlich ihr Gesicht, sie bedeckte es mit den Händen und fing an zu schluchzen … Da verlor ich natürlich erst recht die Beherrschung: Da habe ich mich wieder vor ihr auf den Boden geworfen, da habe ich ihr wieder die Füße geküsst – und wieder endete alles mit einem Anfall, genau wie am Dienstag. Das war gestern Abend, und am nächsten Morgen …

Am nächsten Morgen?! Wach auf, du Narr, das war heute, gerade eben, erst vor Kurzem!

Also hören Sie zu und machen Sie sich ein Bild: Als wir vorhin zusammen Tee tranken (also nach dem Anfall von gestern), da hat sie mich wirklich mit ihrer Ruhe überrascht, denn das war sie, ruhig! Ich dagegen hatte die ganze Nacht gezittert, weil ich Angst hatte, mein Auftritt vom Vortag würde ihr noch weiter zusetzen. Dann aber kommt sie plötzlich auf mich zu, stellt sich vor mich hin, verschränkt die Arme vor der Brust (vorhin erst, das war erst vorhin!) und sagt mir, dass sie eine Verbrecherin sei, dass sie das wisse, dass ihr Verbrechen sie den ganzen Winter über gequält habe und auch jetzt noch quäle ... dass sie meine Großherzigkeit sehr schätze ... «Ich werde Ihnen eine treue Ehefrau sein, ich werde Sie respektieren ...» Daraufhin bin ich aufgesprungen und habe sie wie ein Wahnsinniger umarmt! Und geküsst habe ich sie, ihr Gesicht geküsst, die Lippen, eben wie ein Ehemann, zum ersten Mal nach dieser langen Entzweiung. Warum bin ich dann nur weggegangen, auch wenn es ja nur für zwei Stunden war ... unsere Auslandspässe ... O Gott! Nur fünf Minuten ... wäre ich doch bloß fünf Minuten früher zurückgekehrt ...! Dann dieser Menschenauflauf vor dem Haus, die Blicke in meine Richtung ... o mein Gott!

Lukerja sagt (oh, ich werde Lukerja jetzt auf gar keinen Fall gehen lassen, sie weiß alles, sie war den ganzen Winter bei uns, sie wird mir alles erzählen), sie sagt also, dass sie, nachdem ich aus dem Haus gegangen bin und nur gut zwanzig Minuten vor meiner Rückkehr ... da ist sie, warum auch immer, zu der gnädigen Frau in unser Zimmer gegangen, wohl um sie etwas zu fragen, ich weiß es nicht mehr ... jedenfalls hat sie da gesehen, dass ihre Ikone (eben die Ikone der Gottesmutter) nicht mehr im Tabernakel war, sondern vor der gnädigen Frau auf dem Stuhl stand und sie irgendwie davor gebetet zu haben schien. «Ich: ‹Was ist Ihnen, gnädige Frau?› – Sie: ‹Nichts, Lukerja, geh nur ... das heißt, warte, Lukerja!›», hat sie gesagt, und dann ist sie zu Lukerja gegangen und hat sie geküsst. «Sind Sie denn jetzt glücklich, gnädige Frau?» – «Ja, Lukerja.» – «Also, gnädige Frau, der gnädige Herr hätte schon längst zu Ihnen kommen und Sie um Verzeihung bitten sollen ... Gott sei gepriesen, dass Sie sich nun versöhnt haben.» – «Es ist gut, Lukerja, geh nur, Lukerja» – und dabei lächelt sie irgendwie, ja, irgendwie ganz merkwürdig. So merkwürdig, dass Lukerja nach zehn Minuten noch einmal zu ihr gegangen ist, um nach ihr zu sehen: «Da steht sie vor der Wand, ganz dicht beim Fenster, die Hand gegen die Wand gepresst, den Kopf auf die Hand gelegt, steht also da und denkt nach. Und sie ist so sehr in Gedanken, dass sie nicht einmal hört, wie ich dastehe und sie vom anderen Zimmer aus beobachte. Ich glaube, sie lächelt, steht einfach da, denkt über etwas nach und lächelt. Nachdem ich sie eine Weile beobachtet habe, mache ich ganz leise kehrt, gehe hinaus in die Küche, jetzt selber ganz in Gedanken, bis ich dann höre, dass sie das Fenster aufmacht. Da gehe ich sofort zu ihr, weil ich sagen will: Es ist frisch, gnädige Frau, verkühlen Sie sich nur nicht, und da sehe ich dann, dass sie auf dem Fensterbrett steht, und zwar aufrecht, in voller Größe, bei aufgerissenem Fenster, mit dem Rücken zu mir, die Ikone in Händen. Mir stockt schier das Herz. ‹Gnädige Frau!›, schreie ich, ‹gnädige Frau!› Sie hört mich auch, will sich schon umdrehen, aber dann dreht sie sich doch nicht um, sondern setzt einen Fuß vor, presst die Ikone an die Brust und … und stürzt sich aus dem Fenster!»

Das Einzige, woran ich mich erinnere, ist, dass sie bei meiner Rückkehr noch warm war. Wie mich da alle angestarrt haben. Erst schrien sie, dann verstummten alle ganz plötzlich und wichen vor mir zurück und … und da lag sie mit ihrer Ikone. Meine Erinnerung, wie ich schweigend an sie herangetreten bin und sie lange angesehen habe und wie alle vor mir zurückgewichen sind und auf mich einredeten, liegt fast im Dunkeln. Lukerja war auch da, aber ich habe sie nicht gesehen. Sie sagt, sie hat mich sogar angesprochen. Doch ich erinnere mich nur noch an diesen Spießer: Er schrie die ganze Zeit, dass da «ein Klecks, aus dem Mund ist nur ein Klecks Blut, nicht mehr als ein Klecks» gekommen ist, und zeigt auf das Blut auf dem Straßenpflaster. Ich glaube, ich habe den Finger in dieses Blut getaucht, mir den Finger damit beschmiert, diesen Finger angesehen (daran erinnere ich mich genau), während dieser Kerl immer noch gekeift hat: «Ein Klecks, nicht mehr als ein Klecks!»

«Was faseln Sie da ständig von einem Klecks?», habe ich angeblich aus voller Kehle geschrien, beide Arme hochgerissen und mich auf ihn gestürzt …

Nein! Nein! Wie konnte ich nur so begriffsstutzig sein! All das kann nicht sein! Das ist unmöglich!

Oder etwa nicht? Darf es so etwas tatsächlich geben? Kann jemand wirklich behaupten, so etwas sei möglich? Warum, weshalb ist diese Frau gestorben?

Oh, glauben Sie mir, ich verstehe sie – trotzdem bleibt die Frage, weshalb sie gestorben ist. Meine Liebe hat sie erschreckt, da hat sie sich ernsthaft gefragt: «Soll ich sie annehmen oder nicht?», und diese Frage hat sie nicht ertragen, da ist sie lieber gestorben. Das ist mir klar, sonnenklar, da gibt es nichts, worüber man sich den Kopf zerbrechen müsste: Sie hat mir zu viel versprochen und fürchtete dann, sie könnte diese Versprechen nicht halten, wie gesagt, das ist klar. Da spielen verschiedene schreckliche Momente hinein.

Aber warum musste sie sterben? Diese Frage steht dennoch im Raum. Diese Frage hämmert, sie hämmert ständig in meinem Hirn. Ich hätte sie doch auch *so* hingenommen, wenn sie gewollt hätte, dass ich alles *so* hinnehme. Aber das hat sie mir nicht geglaubt, das war's! Nein, nein, das ist ja auch gelogen, das war's eben nicht. Alles liegt schlicht und ergreifend daran, dass man mit mir ehrlich sein muss: Wenn man mich schon liebt, dann richtig, nicht so, wie sie den Kaufmann geliebt hätte. Gerade weil sie zu keusch war, zu rein, um sich auf eine derartige Liebe einzulassen, wie sie der Kaufmann gebraucht hätte, wollte sie mir ja nichts vormachen. Sie wollte mich nicht mit einer Halbliebe im Gewand der Liebe oder gar mit einer Viertelliebe abspeisen. Dazu war sie zu ehrlich, nur darum ging es! Und da hatte ich Offenheit in ihr Herz pflanzen wollen, Sie erinnern sich doch? Was für ein absurder Gedanke.

Was ich furchtbar gern wissen würde: Hat sie mich respektiert oder nicht? Ich weiß nicht, ob sie mich verachtet hat oder nicht. Ich glaube eigentlich nicht, dass sie das hat. Absolut merkwürdig ist auch das: Warum ist es mir bisher, den ganzen Winter über, nie in den Sinn gekommen, dass sie mich verachten könnte? Vielmehr war ich ja vom Gegenteil überzeugt, und zwar genau bis zu jener Minute, als sie mich mit diesem *strengen Erstaunen* ansah. Ganz genau, *streng*. Da habe ich schlagartig begriffen, dass sie mich verachtet. Unwiderruflich habe ich es da begriffen, ein für alle Mal! Aber hätte sie mich doch verachten sollen, von mir aus das ganze Leben lang, wenn sie doch bloß noch leben würde, einfach leben! Noch vor Kurzem ist sie durch diese Zimmer gelaufen, hat mit mir gesprochen. Völlig rätselhaft ist mir, wie sie sich ausgerechnet aus dem Fenster stürzen konnte! Wie hätte ich das auch nur fünf Minuten lang ahnen können? Ich habe Lukerja gerufen. Ich werde Lukerja jetzt auf keinen Fall gehen lassen, auf gar keinen Fall!

Als ob wir uns nicht doch noch hätten verständigen können! Ja, fremd geworden waren wir uns über den Winter, sicher – aber wir hätten uns doch wieder aneinander gewöhnen können, oder etwa nicht? Warum, warum bloß, haben wir uns einander nicht nähern und noch einmal ein neues Leben beginnen können? Ich bin großherzig, sie ebenfalls – an diesem Punkt hätten wir uns doch treffen können! Noch ein paar Worte mehr, noch zwei Tage höchstens, und sie hätte all das auch verstanden.

Und der schlimmste Schlag ins Gesicht ist, dass ja alles bloß ein Zufall ist, ein simpler, barbarischer, dummer Zufall. Das ist das eigentliche Unglück! Fünf Minuten, nur fünf Minuten bin ich zu spät gekommen, mehr nicht! Wäre ich fünf Minuten eher nach Hause gekommen, dann wäre dieser Augenblick an ihr vorübergezogen wie eine Wolke, und ihr wäre dergleichen nie wieder in den Sinn gekommen. Dann hätte sie irgendwann alles verstanden. Aber jetzt sind da wieder diese leeren Zimmer, jetzt bin ich wieder allein. Nebenan tickt die Uhr, etwas Besseres hat sie ja eh nicht zu tun, denn ihr tut niemand leid. Und hier ist niemand – was für ein Elend!

Ich laufe herum, die ganze Zeit laufe ich herum. Oh, ich weiß ganz genau, was Sie denken, Sie brauchen das gar nicht auszusprechen: Sie finden es amüsant, dass ich mich über diesen Zufall und diese fünf Minuten beklage. Dabei liegt die Sache auf der Hand. Allein schon das: Sie hat ja nicht einmal etwas Handschriftliches hinterlassen, etwas in der Art: «Klagen Sie niemanden wegen meines Todes an», wie das doch alle machen. Oder wie hätte sie sonst vergessen können, dass man womöglich Lukerja behelligt: «Du warst allein mit ihr», könnte es heißen, «also hast du sie gestoßen.» Und man hätte die arme Lukerja bestimmt in die Mangel genommen, wenn nicht insgesamt vier Menschen aus Fenstern im Seitenflügel und vom Hof aus mit angesehen hätten, wie sie mit der

Ikone in der Hand dastand und sich in die Tiefe gestürzt hat. Aber auch das ist doch ein Zufall, dass die Leute da waren und sie beobachtet haben. Nein, all das entschied sich in einem einzigen Augenblick, einem unkontrollierten Augenblick. Impulsivität und Phantasie! Ach, sie hat vor der Ikone gebetet? Das heißt doch aber noch lange nicht, dass sie ein letztes Mal vor dem Tod beten wollte! Die ganze Anwandlung hat womöglich höchstens zehn Minuten gedauert, die Entscheidung hat sie vielleicht genau in dem Moment getroffen, als sie an der Wand stand, den Kopf in die Hand gebettet, und lächelte. Da ist ihr dieser Gedanke in den Kopf geschossen, ist ihr dort um und um gegangen – und schließlich konnte sie ihm nicht mehr widerstehen.

Nein, hier liegt ein Missverständnis vor, das lasse ich mir nicht ausreden. Ein Leben mit mir, das wäre für sie nämlich durchaus möglich gewesen. Aber was, wenn sie anämisch war? Was, wenn das alles einfach von der Anämie kam, von der Aufzehrung der Lebensenergie? Über den Winter war sie so müde geworden, das war's …

Ich bin zu spät gekommen!!!

Wie schmal sie in ihrem Sarg aussieht, wie spitz ihre kleine Nase ist! Und die Wimpern sind die reinsten Pfeile. Von ihrem Sturz ganz zu schweigen – überhaupt nicht zerschmettert ist sie, nichts hat sie sich gebrochen! Da war ja auch nur dieser «Klecks» Blut! Ein Teelöffelchen voll. Innere Verletzungen wird sie davongetragen haben. Ein sonderbarer Gedanke beschäftigt mich: Was, wenn ich sie nicht beerdige? Denn wenn sie fortgebracht wird, dann … o nein, es ist quasi unmöglich, sie fortzubringen! Ja sicher, ich weiß genau, dass sie sie fortbringen müssen, ich bin ja nicht wahnsinnig und rede auch nicht im Fieber, im Gegenteil, mein Verstand war noch nie so klar – aber dann ist wieder niemand im Haus, dann sind es wieder bloß zwei Zimmer, und ich bin wieder allein mit all den Pfandstücken. Das ist Wahn, der da zutage tritt! Ich habe sie ausgezehrt – so sieht's doch aus!

Was interessieren mich jetzt eure Gesetze? Was soll ich mit euren Bräuchen, mit euren Sitten, eurem Leben, eurem Staat, eurem Glauben? Soll euer Richter ruhig sein Urteil über mich fällen, soll man mich ruhig vor Gericht stellen, vor euer öffentliches Gericht, dann werde ich da verkünden, dass ich gar nichts gestehe. Daraufhin wird der Richter schreien: «Offizier, schweigen Sie!» Dann schreie ich ihn an: «Welche Macht hast du denn überhaupt, von mir Gehorsam zu verlangen? Warum muss diese düstere Engstirnigkeit zerstören, was mir das Kostbarste auf der Welt ist? Warum soll ich mich da noch um eure Gesetze scheren? Ich sage mich los.» Denn ja, mir ist schon alles egal!

Sie ist blind, völlig blind! Tot, sie hört mich nicht! Du weißt nicht, welches Paradies ich für dich bereithielt. Dieses Paradies gab es doch schon in meiner Seele, und ich hätte es um dich herum angelegt! Und selbst, ja selbst wenn du mich nicht geliebt hättest – sei's drum, was wäre schon dabei gewesen? Ich hätte alles genau *so* hingenommen, genau *so*. Du hättest es mir nur wie einem

Freund sagen müssen – dann hätten wir doch fröhlich miteinander sein können und froh miteinander lachen und einander in die Augen sehen können. So hätten wir gelebt. Und wenn du einen andern geliebt hättest, gut, von mir aus! Dann wärst du mit ihm spazieren gegangen und hättest gelacht, und ich hätte alles von der anderen Straßenseite aus beobachtet … Oh, bitte, soll sie all das doch haben, wenn sie nur noch einmal die Augen öffnet! Für einen kurzen Moment nur, für einen einzigen nur! Wenn sie mich nur noch einmal ansehen würde, genau wie vorhin, als sie vor mir stand und mir geschworen hat, mir eine treue Ehefrau zu sein! Oh, mit diesem einen Blick würde sie dann doch alles begreifen!

Fatal ist das! Diese Natur! Dass die Menschen so einsam auf der Welt sind, das ist doch das ganze Unglück! «Gibt es im Feld noch einen lebenden Mann?», brüllt der russische Bogatyr[20]. Das brülle auch ich, der ich kein Recke bin, und niemand antwortet mir. Es heißt, die Sonne belebe das Universum. Die Sonne geht auf und … pah, sehen Sie sie sich doch an, diese Sonne, ist das vielleicht keine Tote?[21] Alles ist tot, überall gibt es nur Tote. Die Menschen sind einsam, und um sie herum ist einzig Schweigen, so ist die Welt! «Menschen, liebt einander»[22] – wer hat das gleich noch gesagt? Wessen Vermächtnis ist das? Die Uhr tickt mitleidlos und widerwärtig. Es ist zwei Uhr nachts. Ihre winzigen Schuhe stehen noch neben dem Bett, als würden sie auf sie warten … Nein, im Ernst, wenn sie sie morgen fortbringen, was soll dann bloß aus mir werden?

EIN KLEINER HELD

Aus den Aufzeichnungen eines Unbekannten

Ich war damals knapp elf Jahre alt. Im Juli schickte man mich zu meinem Verwandten T-w, auf sein Landgut bei Moskau, wo sich zu diesem Zeitpunkt bereits fünfzig Gäste eingefunden hatten, vielleicht auch mehr … genau weiß ich es nicht, gezählt habe ich sie nämlich nicht. Die Tage waren voller Trubel und Heiterkeit. Alles schien ein einziges Fest, nur begonnen, um nie zu enden, ja mehr noch, es schien gar, als habe der Hausherr sich gelobt, sein riesiges Vermögen so schnell wie möglich durchzubringen, eine Absicht, die er vor Kurzem dann auch in die Tat umgesetzt hat, will heißen, er hat es durchgebracht, restlos, rundum und radikal. Pausenlos trafen neue Gäste ein, Moskau war ja bloß einen Steinwurf entfernt, lag gleichsam vor der Tür, sodass die abfahrenden Gäste nur Platz für die frisch eintreffenden machten und das Fest weiter seinen Lauf nahm. Eine Vergnügung löste die andere ab, ein Ende der Amüsements war nicht abzusehen. Mal ritt man aus, in ganzen Scharen, mal spazierte man durch den Kiefernwald oder am Fluss entlang; man picknickte, aß zu Mittag auf dem Feld und zu Abend auf der großen Terrasse des Hauses, die in drei Reihen edle Blumen säumten, welche die frische Nachtluft mit ihren Düften schwängerten. Funkelnde Lichter ließen unsere ohnedies fast ausnahmslos hübschen Damen mit ihren von den Eindrücken des

Tages beseelten Gesichtern und den glitzernden Augen noch reizender erscheinen, und ihre ausgelassenen Wechselreden verschmolzen immer wieder zu glockenhellem Lachen. Man tanzte, musizierte und sang, und wenn sich der Himmel bezog, schuf man im Haus *Tableaux vivants*[1], unterhielt sich mit Scharaden, stellte Sprichwörter nach oder spielte Theater. Und stets waren schöne, scharfe und spitzzüngige Reden zu hören.

Einige Personen hoben sich grell von den anderen ab. Tratsch und Klatsch machten die Runde, wie sollte es auch anders sein, die Welt ginge ja sonst unter, und Millionen würden vor Sehnsucht nach ebendiesem Gerede wie die Fliegen krepieren. Da ich aber erst elf Jahre alt und mit ganz anderen Dingen beschäftigt war, fielen mir diese Individuen noch nicht auf, und wenn doch, begriff ich nicht alles. Erst im Nachhinein sollte ich mich an mancherlei erinnern. Damals blickte ich freilich mit meinen Kinderaugen nur wie gebannt auf die glänzende Fassade, und die allgemeine Begeisterung, der Glanz und Trubel – all das, was ich bis dahin noch nie gehört, noch nie gesehen hatte – erstaunten mich derart, dass ich in den ersten Tagen völlig verstört war und mir mein kleiner Kopf schwirrte.

Aber ich spreche hier von dem Elfjährigen, und der war – wie auch anders? – ein Kind, nicht mehr als ein Kind. Die meisten der schönen Frauen, die mir übers Haar strichen, stellten sich denn auch nicht die Frage, wie alt ich eigentlich sei. Dabei hatte – und das war merkwürdig! – ein Gefühl, das ich selbst nicht verstand, inzwischen Besitz von mir ergriffen, in meinem Herzen rührte sich etwas, was ich zuvor nicht gekannt hatte und was ich nicht zu erklären vermochte. Zuweilen brannte und hämmerte mein Herz, als sei es erschrocken, und oft genug überzog sich mein Gesicht plötzlich mit Röte. Manchmal fühlte ich mich irgendwie unbehaglich und schämte mich dieser meiner kindlichen Privilegien sogar. Ein andermal kam ich mir in meinem Staunen fast hilflos vor, dann zog ich mich irgendwohin zurück, wo mich niemand sah, wahrscheinlich um tief durchzuatmen und mich an etwas zu erinnern, etwas ungeheuer Wichtiges, das ich, wie ich meinte, bis gerade eben noch ganz genau gewusst, nun jedoch vergessen hatte, ohne dessen Kenntnis ich den anderen aber nie wieder unter die Augen treten und auf keinen Fall weiterleben konnte.

Schließlich schien es mir, dass ich in der Tat vor allen etwas verheimlichte, ich jedoch um keinen Preis mit der Sprache herausrücken durfte, weil das für mich kleinen Menschen über die Maßen peinlich gewesen wäre. Bald schon fühlte ich mich inmitten des ganzen Wirbels um mich herum einsam. Sicher, es waren auch andere Kinder anwesend, nur waren sie alle entweder weit jünger oder weit älter als ich, weshalb ich ihre Gesellschaft mied. Überhaupt wäre mir nie etwas geschehen, hätte ich mich nicht in einer solch außerordentlichen Verfassung befunden. In den Augen all dieser schönen Damen war ich ja immer noch jenes kleine, unbestimmte Wesen, dem sie zuweilen gern übers Haar strichen und mit dem sich spielen ließ wie mit einer kleinen Puppe. Insbesondere eine von ihnen, eine charmante, junge blonde Frau mit prächtigem, sehr dickem Haar, wie ich es später nie wieder gesehen habe und wohl auch nie wieder sehen werde, schien sich geschworen zu haben, mir keine einzige ruhige Minute zu gönnen. Mich verwirrte, sie dagegen erheiterte das Gelächter, das um uns herum ausbrach, sobald sie sich ihre derben, verdrehten Späße mit mir erlaubte, die ihr offenbar ungemeines Vergnügen bereiteten. Jede ihrer Pensionatsfreundinnen hätte wohl versichert, sie habe den Schalk im Nacken. Sie war verteufelt hübsch, und es war etwas an ihrer Schönheit, was auf den ersten Blick ins Auge sprang. Außerdem – aber das versteht sich nun wirklich von selbst – glich sie in keinster Weise jenen verhuschten jungen blonden Frauen, die mit dem unschuldigen Weiß einer Flaumfeder und der Sanftheit von weißen Mäusen oder Pastorentöchtern prunkten. Obwohl sie nur klein von Wuchs und leicht füllig war, zeigte ihr Gesicht sanfte, feine, bezaubernd gezeichnete Züge. Ein Leuchten gleich einem Blitz zuckte immer wieder in diesem Gesicht auf, wie überhaupt ihre ganze Person wie Feuer war, lebendig, flink und unbeschwert. Ihre großen, offenen Augen schienen Funken zu sprühen, sie glitzerten wie Diamanten. Nie im Leben hätte ich diesen blauen, funkensprühenden Augen irgendwelche schwarzen vorgezogen, nicht einmal wenn diese schwärzer als der schwärzeste andalusische Blick gewesen wären, und ganz gewiss stand meine blonde Schönheit in nichts jener berühmten Brünetten nach, die ein bekannter und hervorragender

Dichter[2] besungen hat, der zudem in seinen vortrefflichen Gedichten vor ganz Kastilien schwor, er sei bereit, sich alle Knochen brechen zu lassen, wenn man ihm nur ein einziges Mal erlaube, die Mantille seiner Schönen zu berühren, und sei es bloß mit der Fingerspitze. Hinzugefügt sei, dass *meine* Schöne die ausgelassenste aller Schönen dieser Welt war, eine durch und durch verdrehte Person, die für ihr Leben gern lachte, obendrein frech wie ein Kind, obwohl sie doch schon seit fünf Jahren verheiratet war. Das Lachen jedenfalls verließ ihre Lippen nie, die frisch waren wie eine Rose am Morgen, wenn sich ihre purpurrote, duftende Knospe mit dem allerersten Sonnenstrahl öffnet und an ihr noch große, kalte Tautropfen schillern.

Nie werde ich jenen Tag nach meiner Ankunft vergessen, an dem im Haus ein Theaterstück aufgeführt wurde. Der Salon war, wie man so schön sagt, zum Brechen voll, nicht einen freien Platz gab es mehr. Aus irgendeinem Grund hatte ich es fertiggebracht, mich zu verspäten, weshalb ich gezwungen war, das Schauspiel im Stehen zu genießen. Mit der Zeit fesselte mich das lustige Stück jedoch immer stärker, und ohne dass ich es selbst bemerkte, drängelte ich mich bis zu den ersten Reihen vor, wo ich schließlich stehen blieb, einen Ellbogen auf die Lehne eines Stuhls gestützt, auf dem eine Dame saß. Es war meine Blonde, der ich aber noch nicht vorgestellt worden war. Und dann, sozusagen rein zufällig, hakte sich mein Blick an ihren verführerischen, vollen, wunderbar runden und schneeweißen Schultern fest, wiewohl es mir doch bestimmt ganz einerlei war, wohin ich sah, ob nun auf die wundervollen Schultern der Frau oder auf die Haube mit den feuerroten Bändern, die das graue Haar einer ehrenwerten Dame in der ersten Reihe bedeckte. Neben meiner Blonden saß eine alte Jungfer, eine von der Sorte, die, wie ich später feststellen durfte, ständig um junge und hübsche Frauen herumschwirren, wobei sie stets diejenigen wählen, die ihrerseits gern junge Menschen um sich scharen. Aber das gehört nicht hierher. Entscheidend ist, dass diese Jungfer meinen stieren Blick auffing, sich zu ihrer Nachbarin hinüberbeugte und ihr kichernd etwas ins Ohr flüsterte. Diese wandte sich abrupt zu mir um, und ich erinnere mich noch, dass ihre feurigen Augen mich im Halbdunkel derart anfunkelten, dass ich, der ich nicht auf einen solchen Blick gefasst war, zusammenzuckte, als hätte ich mich verbrannt. Meine Schöne lächelte.

«Gefällt Ihnen das Stück?», fragte sie, während sie mir verschmitzt und spöttisch in die Augen sah.

«Ja», antwortete ich, sie unverändert mit einer Verblüffung anschauend, die sie offenbar genoss.

«Aber warum stehen Sie dann? Da werden Sie doch sicher bald müde. Gibt es denn nirgends einen Stuhl für Sie?»

«Genau so ist», antwortete ich, diesmal von der Sorge meiner Schönen um mich viel stärker eingenommen als von ihren funkensprühenden Augen und aufrichtig erfreut, endlich eine gute Seele gefunden zu haben, der ich mein Herz ausschütten konnte. «Wo ich auch gesucht habe, alle Plätze sind besetzt», fügte ich hinzu, als wollte ich mich bei ihr beschweren, dass kein Stuhl mehr frei war.

«Ach, dann komm einfach her», sagte sie fröhlich, wie immer kurz entschlossen, wie immer rasch für jede alberne Idee entflammt, die ihr in den verdrehten Kopf schoss. «Komm ruhig her zu mir und setz dich auf meinen Schoß.»

«Auf Ihren Schoß?», stieß ich bestürzt hervor.

Wie ich bereits erwähnte, begannen meine Privilegien mich zu diesem Zeitpunkt zu beschämen und in Verlegenheit zu bringen. Diese Frau nahm sich mir gegenüber jedoch Dinge heraus, die jeder Beschreibung spotteten. Obendrein fing ich, ein schon von Natur aus schüchterner und scheuer Junge, an, in Gegenwart von Frauen irgendwie besonders schüchtern zu sein und mich daher entsetzlich täppisch zu verhalten.

«Aber sicher, auf meinen Schoß! Warum willst du denn da nicht sitzen?», bohrte sie nach, wobei sie ausgelassener und ausgelassener kicherte, sodass sie am Ende laut prustete, Gott weiß worüber, vielleicht über ihren Einfall, vielleicht auch weil sie mich so gekonnt wie einen begossenen Pudel hatte dastehen lassen. Jedenfalls hatte sie ihr Ziel erreicht.

Entsetzt sah ich mich mit rot angelaufenem Gesicht um, suchte nach einem Fluchtweg – nur kam sie jeder Flucht zuvor, indem sie nach meiner Hand fasste, damit ich ja nicht weglaufen konnte, und mich zu sich heranzog, um dann, völlig überraschend, mich schier überrumpelnd, meine Hand zwischen ihren kecken, übermütigen Fingern schmerzhaft zusammenzuquetschen, ja sie fast zu brechen, was so wehtat, dass es mich alle Willenskraft kostete, nicht laut loszuschreien, und mich die komischsten Grimassen schneiden ließ. Außerdem löste die Erfahrung, dass es derart lustige und böse Damen gab, die mit einem Jungen solch närrische Gespräche führten und ihn dabei, warum auch immer und noch dazu vor aller Augen, in dieser Weise schmerzhaft kniffen, geradezu grauenvolles Entsetzen, Unglauben, ja Panik in mir aus. Vermutlich spiegelte sich meine ganze Fassungslosigkeit in meinem unglücklichen Gesicht, denn diese Spitzbübin lachte mich wie eine Wahnsinnige ganz offen an, kniff mich trotzdem stärker und stärker und brach mir fast meine armen Finger. Sie war schier außer sich vor Begeisterung, dass es ihr gelungen war, einen armen Jungen zu übertölpeln, ihn dumm aus der Wäsche gucken zu lassen, ihn zum Besten zu halten. Meine Lage war verzweifelt. Erstens glühte ich vor Scham, weil sich uns mittlerweile beinah alle Gesichter zugewandt hatten, die einen ungläubig, die anderen lachend, denn alle begriffen auf Anhieb, dass die schöne Dame mal wieder etwas ausgeheckt hatte. Zweitens hätte ich am liebsten laut aufgeschrien, denn sie quetschte meine Finger in grausamer Entschlossenheit, damit ich endlich schrie. Ich aber, ein echter Spartaner, hatte mir fest vorgenommen, den Schmerz zu ertragen, fürchtete ich doch, nach einem Schrei erst recht im Mittelpunkt zu stehen und dann gar nicht mehr zu wissen, wohin mit mir. In einem Anfall nackter Verzweiflung nahm ich schließlich den Kampf auf und zog meine Hand mit aller Kraft zurück, nur dass sich meine Tyrannin als wesentlich stärker erwies als ich. Schließlich hielt ich es nicht mehr aus und schrie los – worauf sie ja bloß gewartet hatte! Sofort gab sie mich frei und drehte sich von mir weg, als hätte sie mit alldem nichts zu tun, als hätte nicht sie mich zum Besten gehalten, sondern irgendjemand anders, haargenau wie ein Schuljunge, der, sobald der Lehrer der Klasse den Rücken zukehrt, einen Banknachbarn foppt, den mageren, schwächlichen Jungen zwickt, ihn kneift und knufft, mit dem Ellbogen pufft, dann aber herumfährt, sich aufrecht hinsetzt, die Nase ins Buch steckt, seine Lektion paukt und somit den erzürnten Herrn Lehrer, der sich wie ein Habicht auf den Lärm stürzt, als Gelackmeierten dastehen lässt.

Zu meinem Glück erregte in dieser Minute jedoch das hervorragende Spiel unseres Gastgebers, der in dem gerade aufgeführten Stück, einer Komödie von Scribe[3], die Hauptrolle übernommen hatte, die allgemeine Aufmerksamkeit. Alle applaudierten. In diesem Lärm schlüpfte ich aus der Reihe und rannte ans andere Ende des Salons, in die gegenüberliegende Ecke, von wo aus ich, hinter einer Säule verborgen, voller Panik zum Stuhl meiner heimtückischen Schönen hinüberspähte. Ein Taschentuch vor die Lippen gepresst, lachte sie noch immer. Gleichzeitig drehte sie sich nach hinten, um ausgiebig in allen Winkeln nach mir Ausschau zu halten, wahrscheinlich weil sie aufs Höchste bedauerte, dass unsere törichte Balgerei so schnell vorüber gewesen war, und bereits darüber nachgrübelte, auf welche Weise sie noch einen Narren aus mir machen könnte.

Das war der Beginn unserer Bekanntschaft, und von dieser ersten Begegnung an ließ sie mich nicht mehr in Frieden. Sie verfolgte mich ohne Unterlass und ohne Scham, wurde zu meiner Jägerin und Tyrannin. Der ganze Witz jener Streiche, die sie mir spielte, erschöpfte sich darin, dass sie behauptete – noch dazu in Gegenwart aller anderen –, bis über beide Ohren in mich verliebt zu sein. Für mich, einen menschenscheuen Jungen, wie er im Buche stand, war das verständlicherweise in höchstem Maße peinlich und ärgerlich, denn mehrfach befand ich mich in ernster und misslicher Lage und war tatsächlich nahe daran, mich mit meiner heimtückischen Verehrerin zu balgen. Meine naive Verlegenheit, mein verzweifelter Kummer schienen sie jedoch nur anzuspornen, mich unaufhörlich weiter zu verfolgen. Sie kannte kein Erbarmen – während ich nicht wusste, wie ich ihr entkommen sollte. Das Lachen, das um uns herum ausbrach und das sie so vortrefflich hervorzukitzeln vermochte, stachelte sie nur zu immer neuen Gemeinheiten an. Irgendwann meinte man aber doch, sie übertreibe es mit ihren Streichen. Und in der Tat hatte sie sich, wenn ich mich heute daran zurückerinnere, gegenüber jenem Kind, das ich damals war, bereits zu viel herausgenommen.

Allein, ebendas entsprach ihrem Charakter: Sie war nämlich keck bis dorthinaus. Später habe ich gehört, vor allem ihr eigener Mann habe ihr die Zügel schießen lassen, ein sehr fülliger, sehr kleiner und sehr rotgesichtiger Mensch, sehr reich und sehr geschäftig, zumindest dem äußeren Anschein nach. Zappelig und quirlig, wie er war, brachte er es nicht fertig, auch nur zwei Stunden an ein und demselben Ort zu verbringen. Jeden Tag ritt er vom Landgut aus nach Moskau, manchmal sogar zweimal täglich, und immer, wie er selbst versicherte, der Geschäfte wegen. Zugleich hätte man ein verschmitzteres und gutmütigeres, dabei im Übrigen stets gepflegtes Gesicht wohl kaum finden können. Und seine Frau liebte er nicht nur bis zur Selbstentsagung, bis zur Selbstverleugnung, nein, vor ihr ging er geradezu in die Knie wie vor einem Götzenbild.

Er schränkte sie in keiner Weise ein. Sie hatte unzählige Freunde und Freundinnen, denn zum einen gab es kaum jemanden, der oder die sie nicht ins Herz schloss, zum anderen war dieser Wildfang selbst nicht sonderlich anspruchsvoll bei der Wahl der Freunde, obwohl ihr Charakter im Kern wesentlich ernster war, als man nach alldem, was ich bisher berichtet habe, vielleicht vermuten würde. Mehr als all ihre anderen Freundinnen liebte und schätzte sie nämlich eine junge Dame, eine entfernte Verwandte, die unterdessen ebenfalls zu uns gestoßen war. Zwischen ihnen beiden bestand ein zartes, feines Band, eines der Art, das zuweilen geknüpft wird, wenn sich zwei einander völlig gegensätzliche Naturen begegnen, von denen die eine scheuer, empfindsamer und reiner ist als die andere, während diese andere sich mit großer Demut und Aufrichtigkeit gegenüber sich selbst Ersterer unterordnet, deren Überlegenheit anerkennt und die Freundschaft mit ihr wie ein Geschenk in ihr Herz einlässt. In einem solchen Fall entspinnt sich diese zarte und aufrichtige Feinheit im Miteinander jener beiden Charaktere: voller Liebe und unendlicher Nachsicht auf der einen, voller Liebe und Respekt auf der anderen Seite, wobei der Respekt bis hin zur Furcht, bis hin zur Angst, in den Augen der anderen, der hochgeschätzten Person schlecht dazustehen, ja bis hin zu dem eifersüchtigen glühenden Wunsch geht, dem Herzen dieser Person mit jedem Schritt im Leben näher und näher zu kommen. Obwohl die beiden Freundinnen gleichen Alters waren, bestand zwischen ihnen ein himmelweiter Unterschied in allem Übrigen, angefangen bei ihrer Schönheit. Auch Mme. M. war sehr hübsch, ihrer Schönheit haftete jedoch etwas Besonderes an, was sie weit aus der Masse der hübschen Damen herausragen ließ; ihr Gesicht prägte etwas, was ihm unweigerlich die Zuneigung aller eintrug, oder, besser gesagt, das eine aufrichtige, eine edle Zuneigung in allen erweckte, die ihr begegneten. Es gibt solch glückspendende Wesen. In Gesellschaft von Mme. M. wurde einem jeden irgendwie wohler, freier, wärmer ums Herz, dann aber wiederum, wenn man in ihre großen traurigen Augen blickte, die so voller Feuer und Kraft waren, indes dreinsahen, als fürchteten sie beständig einen Feind oder eine Gefahr auszumachen, die so voller Unruhe und Scheu umherschweiften, eine seltsame Scheu im Übrigen, die auf ihren sanften, ruhigen, an die strahlenden Gesichter italienischer Madonnen erinnernden Zügen tiefste Verzagtheit hinterließ … dann wiederum wurde einem traurig zumute, dann durchlitt man ihren Kummer wie den eigenen, den ganz persönlichen. Dieses blasse, hohlwangige Gesicht, in dem durch die makellose Schönheit der reinen, gleichmäßigen Linien und durch die verzagte Härte eines stillen, verborgenen Schmerzes doch noch häufig das ursprüngliche klare Kinderantlitz hindurchschimmerte – die nicht weit zurückliegenden Jahre voller Vertrauen und, wer weiß, auch reich an einem naiven Glück, das leise, aber zurückhaltende, unsichere Lachen –, all das rief eine solch unerklärliche Anteilnahme an dieser Frau hervor, dass sich im Herzen eines jeden unwillkürlich eine süße, brennende Sorge regte und jeder bereits beim ersten Blick auf sie den heißen Wunsch hegte, sie zu schützen und ihr nahe zu sein. Die schöne Dame war indes recht wortkarg und verschlossen, wiewohl sich andererseits kein aufmerksameres und liebevolleres Wesen denken ließ als sie, bedurfte jemand des Mitgefühls. Es gibt solche Frauen, die in unserem täglichen Leben ohne Frage die Rolle Barmherziger Schwestern[4] spielen. Vor ihnen braucht man mit nichts hinterm Berg zu halten, zumindest mit nichts, was einem die Seele bedrückt und auf ihr lastet. Wer leidet, gehe nur kühn und voller Hoffnung zu ihnen und fürchte nicht, ihnen zur Bürde zu werden, dies mein Rat, wissen doch nur wenige unter uns, wie unendlich geduldig die Liebe, das Mitleiden und das allumfassende Verzeihen manch weiblichen Herzens sein kann. Sie sind wahre Schatzkammern an Zuneigung, Trost und Hoffnung, diese reinen Herzen, wenngleich oft ebenfalls wund, sind es doch Herzen, die viel lieben, die viel leiden, obschon die Wunde dem neugierigen Blick sorgsam entzogen ist, da tiefer Kummer zumeist schweigt und sich verborgen hält. Sie schreckt weder die Tiefe der Wunde noch ihr Eiter oder übler Geruch: Wer zu ihnen kommt, wird ihrer schon würdig sein, ja mehr noch, sie scheinen allein für solche Großtat geboren … Mme. M. war von hohem Wuchs, schlank und biegsam, wenn auch ein wenig zart. Ihren Bewegungen haftete insgesamt etwas irgendwie Unbeholfenes an, bald waren sie bedächtig, fließend und sogar ein wenig gravitätisch, bald kindlich abrupt, wobei in ihrer Gestik zugleich eine Art scheuer Demut lag, etwas fast Zitterndes und Schutzloses, das freilich um Schutz weder bat noch flehte.

Wie ich bereits sagte, beschämten, schmerzten und verletzten mich die dreisten Ansprüche, die meine heimtückische Blonde auf mich erhob, über die Maßen. Es gab jedoch noch einen anderen Grund für meine Verfassung, einen geheimen, irritierenden und dummen Grund, den ich vor allen verbarg, der mich zittern ließ wie Koschtschei den Unsterblichen[5] und an den ich – allein mit meinem kopflosen Selbst, irgendwo in einer abgelegenen, dunklen Ecke, wohin kein inquisitorischer, spöttischer Blick irgendeiner blauäugigen Schelmin reichte – nur zu denken brauchte, um sogleich, will heißen, bei dem bloßen Gedanken an diesen Grund, vor

Verlegenheit, Scham und Pein fast zu ersticken: Kurz und gut, ich war verliebt, auch wenn es sich wie blanker Unsinn anhört, denn das konnte ja gar nicht sein. Aber warum zog dann von all den Gesichtern, die mich umgaben, einzig dies eine meine Aufmerksamkeit auf sich? Warum folgte mein Auge nur ihr so gern, obwohl ich zuvor doch ganz bestimmt niemals den Wunsch verspürt hatte, eine Dame förmlich mit Blicken zu verschlingen und ihre Gesellschaft zu suchen? Meist geschah es abends, wenn regnerisches Wetter alle im Haus festhielt und ich, der ich mich einsam in eine Ecke des Salons verkroch, ziellos umherschaute, da ich einfach keine andere Beschäftigung fand, wollte doch kaum jemand mit mir reden, von meiner Blonden und ihrer Schar einmal abgesehen, weshalb ich mich also an solchen Abenden sattsam langweilte. Wenn ich dann die Gesichter um mich herum betrachtete, auf die Unterhaltung lauschte, von der ich oft kein Wort verstand, dann fesselten, Gott weiß warum, meine ohnehin verzückte Aufmerksamkeit einzig die ruhigen Blicke, das sanfte Lächeln und das schöne Gesicht von Mme. M. – denn eben um sie ging es –, dann wollte sich mein seltsamer, vager, doch unermesslich süßer Aufruhr erst recht nicht mehr legen. Oft genug vermochte ich über Stunden hinweg die Augen nicht von ihr zu lösen. Ich lernte jede ihrer Gesten, jede ihrer Bewegungen auswendig, hörte mich in jede Schwingung ihrer tiefen, melodischen, doch leicht abgeschnürten Stimme ein und nahm – auch das merkwürdig! – aus all meinen Beobachtungen neben dem zarten und süßen Aufruhr eine unermessliche Neugier mit. Es war, als sei ich einem Geheimnis auf der Spur …

In Anwesenheit von Mme. M. peinigten mich die beschriebenen Spötteleien also noch stärker, ja mehr noch, diese Triezereien und die grotesken Verfolgungsjagden erniedrigten mich für meine Begriffe sogar. Und wenn dann erneut auf meine Kosten Gelächter ausbrach, in das zuweilen sogar Mme. M. unwillkürlich einstimmte, entfloh ich voller Verzweiflung und außer mir vor Kummer meinen Tyranninnen und rannte nach oben, wo ich mich für den Rest des Tages einigelte, weil ich mich nicht traute, einen Fuß in den Salon zu setzen. Nebenbei bemerkt, verstand ich damals weder meine Scham noch meine Erregung, der ganze Prozess vollzog sich unbewusst in mir. Mit Mme. M. hatte ich kaum zwei Worte gesprochen, für ein längeres Gespräch hätte mir freilich ohnehin der Mut gefehlt. Eines Abends jedoch, nach einem für mich ganz und gar unerträglichen Tag, setzte ich mich beim Spaziergang von den anderen ab, denn ich war schrecklich müde und wollte mich durch den Garten zum Haus schleichen. Da sah ich auf einer Bank in einer entlegenen Allee Mme. M. Sie saß so mutterseelenallein da, als hätte sie den abgeschiedenen Ort absichtlich gewählt, hielt den Kopf gesenkt und knüllte geistesabwesend mal mit der einen, mal mit der anderen Hand ihr Taschentuch zusammen. Gedankenversunken, wie sie war, hörte sie nicht einmal, wie ich mich ihr näherte.

Als sie mich dann bemerkte, stand sie rasch auf, drehte sich von mir weg und betupfte sich – was mir nicht entging – geschwind die Augen mit dem Taschentuch. Sie hatte geweint. Nachdem sie ihre Augen getrocknet hatte, lächelte sie mir zu und ging zusammen mit mir zum Haus. Heute erinnere ich mich nicht einmal mehr, worüber wir eigentlich sprachen, aber sie schickte mich immer wieder unter verschiedenen Vorwänden fort: Mal sollte ich ihr eine Blume pflücken, mal nachschauen, ob jemand über die Nachbarallee herangeritten käme. Sobald ich sie allein ließ, presste sie sich sofort wieder das Taschentuch gegen die Augen und wischte die eigensinnigen Tränen weg, die einfach nicht versiegen wollten, sondern sich stets aufs Neue in ihrem Herzen sammelten und unablässig aus ihren armen Augen quollen. Mir war klar, dass ich ihr zur Last fiel, da sie mich ja so oft fortschickte, und ihr war andererseits nicht entgangen, dass ich über ihre Verfassung im Bilde war, aber dennoch konnte sie sich nicht beherrschen, was mich nur noch mehr mit ihr leiden ließ. Damals schimpfte ich fürchterlich auf mich selbst, klagte mich an, nicht feinfühlig zu sein und keinen Ausweg aus dem Dilemma zu finden, wusste aber trotzdem nicht, wie ich mich möglichst feinfühlig von ihr verabschieden sollte, also ohne ihr zu verstehen zu geben, dass mir ihr Kummer nicht entgangen war, weshalb ich neben ihr herlief, mit trauriger Verwunderung, ja sogar verängstigt, völlig verwirrt und ohne dass mir auch nur ein Wort eingefallen wäre, unser stockendes Gespräch in Fluss zu bringen.

Diese Begegnung beeindruckte mich derart, dass ich Mme. M. den ganzen Abend lang verstohlen und mit unersättlicher Neugier bespähte und sie nicht eine Sekunde aus den Augen ließ. Dabei ertappte sie mich zweimal sozusagen auf frischer Tat, und als sich unsere Blicke beim zweiten Mal trafen, lächelte sie. Das war ihr einziges Lächeln an diesem Abend. Die Traurigkeit lag noch immer auf ihrem Gesicht, das jetzt sehr bleich war. Sie unterhielt sich die ganze Zeit leise mit einer betagten Dame, einer bösen und zänkischen Alten, die niemand mochte, weil sie andauernd herumspionierte und tratschte, die aber alle fürchteten und ihr daher nolens volens nach dem Mund redeten.

Um zehn Uhr abends traf der Mann von Mme. M. ein. Bis dahin hatte ich sie unverwandt angesehen, ohne auch nur ein Mal den Blick von ihrem traurigen Gesicht abzuwenden. Als nun ihr Mann eintrat, beobachtete ich, wie sie erschauderte und ihr ohnehin schon bleiches Gesicht weißer als ihr Taschentuch wurde. Das war so auffällig, dass es auch anderen nicht entging. Ich fing ein paar Gesprächsfetzen auf, aus denen ich mir zusammenreimte, dass die arme Mme. M. es nicht gerade leicht habe. Angeblich war ihr Mann eifersüchtig wie ein Mohr[6], und zwar nicht weil er sie, sondern weil er sich so liebte. Er war ein Europäer durch und durch, ein moderner Mann, der allerlei neue Ideen aufgeschnappt hatte, mit denen er sich ungemein brüstete. Schwarzhaarig, hochgewachsen und von besonders kräftiger Statur, mit einem europäischen Backenbart, selbstzufriedenem rotwangigem Gesicht und perlweißen Zähnen, bestach er stets mit makellos aufrechter Körperhaltung. Er galt als *kluger Kopf*. So wird in manchen Kreisen ein besonderer Menschenschlag genannt, der, auf anderer Leute Kosten verfettet, im Grunde nichts tut, im Grunde aber auch gar nichts tun will und dem, bedingt durch das ewige Nichtstun und den ständigen Müßiggang, kein Herz, sondern ein Stück Speck in der Brust sitzt. Von solchen Herren bekommst du in einem fort zu hören, verschiedene, höchst verworrene und ungünstige Umstände «ermüdeten ihr Genie» und hinderten sie, etwas zu tun, weshalb sie einen derart «traurigen Anblick» böten. Das ist bei ihnen schon zur blumigen Floskel geworden, zum *mot d'ordre*[7], zur Parole und Losung, eben zur Floskel, mit der sie, meine ach so satten Fettwänste, geradezu hausieren gehen, pausenlos und überall, sodass dies Tartuffe'sche[8] Verhalten und dies abgedroschene Gerede bereits allen zum Hals heraushängt. Einige dieser Spaßvögel, die partout nichts zu finden vermögen, was sie nun tun könnten – aber, nebenbei bemerkt, auch nie danach suchen –, lassen es sich im Übrigen höchst angelegen sein, alle davon zu überzeugen, dass sie statt eines Herzens ganz gewiss kein Stück Speck in der Brust trügen, sondern das genaue Gegenteil, etwas, allgemein gesprochen, *ungemein Tiefes* – nur was genau das sein soll, das verriete dir nicht einmal der herausragendste Chirurg, aus reiner Höflichkeit, versteht sich. Diese Herren sind überhaupt nur auf der Welt, um all ihr Trachten auf groben Spott und auf kurzsichtigste Urteile zu richten sowie um ihren übermäßigen Stolz zu befriedigen. Weil sie nichts anderes zu tun haben, als die Fehler und

Schwächen ihrer Mitmenschen offenzulegen und diese immer wieder herunterzubeten, und weil sie ungefähr so viel Güte in sich tragen, wie es einer Auster beschieden ist, fällt es ihnen, solcherart geschützt, nicht schwer, sich von nichts und niemandem anfechten zu lassen. Damit wiederum brüsten sie sich enorm. Sie sind beispielsweise mehr oder weniger überzeugt, dass nahezu die ganze Welt in ihrer Schuld stehe und obendrein ihre persönliche Auster sei, die sie sich auf Vorrat anlegen, dass alle außer ihnen Dummköpfe seien, dass jedermann einer Orange oder einem Schwamm gleiche, den sie nur auszupressen brauchten, sofern es sie nach Saft oder Wasser verlangte, dass sie die Herren dieser Welt seien und diese ruhmreiche Ordnung der Dinge just darin wurzle, dass es sich bei ihnen um ausnehmend kluge und charakterstarke Menschen handle. In ihrem übermäßigen Stolz meinen sie, selbst ohne jeden Tadel zu sein. Sie gleichen jener Sorte gemeiner Betrüger, jenen geborenen Tartuffes und Falstaffs[9], die andere so lange betrügen, bis sie am Ende selbst glauben, all dies habe seine Ordnung, will heißen, der Sinn ihres Lebens bestünde eben darin, zu betrügen, und die ihren Mitmenschen so lange versichern, sie seien ehrbare Menschen, bis sie am Ende selbst glauben, sie seien ehrbar und sogar ihre Betrügerei sei eine ehrbare Angelegenheit. Dafür jedoch, mit sich selbst ins Gericht zu gehen, dafür, das eigene Wesen aufrichtig einzuschätzen, reicht es bei ihnen nicht: Für manche Dinge sind sie einfach zu fett. Im Vordergrund steht für sie immer und allenthalben das eigene goldene Persönchen, ihr Moloch und Baal[10], ihr großartiges Ich. Die gesamte Natur, die ganze Welt ist für sie nicht mehr als ein brillanter Spiegel, geschaffen, damit sich dieser kleine Gott in einem fort am eigenen Anblick ergötze und nur sich, sonst aber nichts und niemanden sehe. Nach einem solchen Blick in den Spiegel nimmt es denn auch nicht wunder, dass sich ihm alles auf der Welt in besagter verzerrter Weise darstellt. Für alles hält er eine Floskel bereit, zudem – und das ist wirklich gewitzt von ihm – auch stets die modischste. Ja, gerade jene Herren schüren diese Mode eigentlich erst, indem sie, ohne dass es Hand und Fuß hätte, an allen Ecken einen Gedanken verkünden, von dem sie sich Erfolg versprechen. Dabei haben sie ein ausgesprochenes Näschen für solch modische Floskeln und machen sie sich noch vor allen anderen zu eigen, weshalb man fast meinen könnte, sie stammten von ihnen. In erster Linie sind sie dabei auf einen Vorrat an Floskeln erpicht, die ihre tiefe Zuneigung für die ganze Menschheit bekunden und festschreiben, was die angemessenste und einzige intellektuell unterfütterte Form der Philanthropie ist, die ihnen aber eigentlich vor allem erlauben sollen, jegliche romantische Weltsicht, also nahezu alles Schöne und Wahre, gnadenlos abzuurteilen, obwohl jedes Atom jener Weltsicht kostbarer ist als ihre gesamte Nacktschneckengattung. Die Wahrheit in einer abweichenden, fließenden und unfertigen Form missachten sie jedoch stets und lehnen alles ab, was noch nicht gereift, abgehangen und gegoren ist. Ein solcherart gemästeter Mensch verbringt das ganze Leben im berauschten Zustand, stets zu allem bereit, ohne aber je irgendetwas zu tun und ohne überhaupt zu wissen, wie schwer sich manches tut, weshalb ein jeder sich hüten möge, die speckigen Gefühle dieses Herrn irgendwie anzuschaben: Das verzeiht er nie, daran erinnert er sich stets, dafür rächt er sich mit Wonne. Als Fazit bleibt daher festzuhalten, dass es sich bei diesem meinem Helden um nichts anderes als um einen gigantischen, bis zum Platzen aufgeblähten Sack voller Sentenzen, modischer Wendungen und Etiketten jedweder Couleur handelte.

Monsieur M. fiel allerdings mit einer Eigenheit aus dem Rahmen, die ihm dann doch etwas Bemerkenswertes verlieh: Scharfzüngig, verplaudert und erzählfreudig, scharte er in jedem Salon eine stattliche Zahl von Gästen um sich. An jenem Abend gelang es ihm besonders gut, Eindruck zu schinden. Er beherrschte das Gespräch, war schlagfertig und amüsant, über irgendetwas ungemein erfreut und brachte alle dazu, an seinen Lippen zu hängen. Mme. M. jedoch wirkte die ganze Zeit über wie eine Kranke. Ihr Gesicht war so traurig, dass ich meinte, gleich würden die Tränen von eben wieder an ihren langen Wimpern zittern. Wie ich schon sagte, erstaunte und frappierte mich all das über die Maßen. Ich verließ den Raum mit dem Gefühl seltsamer Neugier und träumte die ganze Nacht von Mme. M., obwohl ich bis dahin nur selten unziemliche Träume gehabt hatte.

Am nächsten Morgen rief man mich schon früh zu den Proben für die *Tableaux vivants*, bei denen auch ich einen Part übernommen hatte. Diese *Tableaux vivants*, ein Theaterstück und anschließend ein Ball – all das als Unterhaltung für einen einzigen Abend – mussten binnen fünf Tagen arrangiert sein, um einen Festtag der Familie zu begehen, den Geburtstag der jüngsten Tochter unseres Gastgebers. Für diese Festivität waren spontan aus Moskau und den umliegenden Herrenhäusern noch einmal einhundert Gäste eingeladen worden, sodass viel Betriebsamkeit, Gerenne und Trubel herrschten. Die Proben – genauer gesagt, die Kostümprobe – waren zu diesem unglücklichen Zeitpunkt, nämlich morgens, angesetzt worden, weil unser Regisseur[11], der bekannte Künstler R., ein Vertrauter und Gast meines Verwandten, der ihm den Freundschaftsdienst erwies, die *Tableaux* auszuwählen und auf die Bühne zu bringen sowie mit uns einzustudieren, danach in die Stadt fahren musste, um noch einige Requisiten zu erstehen und letzte Vorbereitungen für die Feier zu treffen, sodass jede Minute kostbar war. Ich trat zusammen mit Mme. M. in einem *Tableau* auf. Das Bild stellte eine Szene aus dem mittelalterlichen Leben nach und hieß «Die Schlossherrin und ihr Page».

Ich verspürte eine unerklärliche Verlegenheit, als ich Mme. M. bei dieser Probe begegnete. Mir schien, ein Blick in meine Augen würde ihr genügen, aus ihnen all meine Gedanken, Zweifel und Vermutungen abzulesen, die sich seit dem gestrigen Tag in meinem Kopf eingenistet hatten. Außerdem schien es mir die ganze Zeit, als wäre ich ihr gegenüber irgendwie schuldig geworden, nachdem ich sie gestern in Tränen aufgelöst ertappt und sie in ihrem Kummer nicht allein gelassen hatte, sodass sie mich, den missliebigen Zeugen und ungebetenen Teilhaber ihres Geheimnisses, unwillkürlich scheel ansehen müsse. Aber zum Glück gestaltete sich unsere Begegnung ohne jede Peinlichkeit: Sie bemerkte mich nämlich schlicht und ergreifend gar nicht. Ganz offenkundig nahm sie weder mich noch die Probe zur Kenntnis, war zerstreut, traurig und in düstere Gedanken versunken. Fraglos quälte sie große Sorge. Nachdem ich meinen Auftritt absolviert hatte, rannte ich aus dem Raum, um mich umzuziehen, und trat zehn Minuten später hinaus auf die Terrasse zum Garten. Fast gleichzeitig kam auch Mme. M. aus einer anderen Tür auf die Terrasse, während vor uns ihr selbstzufriedener Gatte auftauchte, der durch den Garten, in den er gerade eine Gruppe Damen begleitet hatte, um sie dort einem müßigen *cavalier servant*[12] zu übergeben, zum Haus zurückkehrte. Die Begegnung erfolgte für beide Eheleute offenbar überraschend. Mme. M. geriet, warum auch immer, plötzlich in Verlegenheit, und in ihren ungeduldigen Bewegungen flackerte leichter Verdruss auf. Ihr Gatte, der sorglos eine Arie gepfiffen und den ganzen Weg über tiefsinnig seinen Backenbart geglättet hatte, runzelte die Stirn, sobald er seine Frau sah, und maß sie mit einem, wie ich heute meine, geradezu inquisitorischen Blick.

«Sie gehen in den Garten?», erkundigte er sich, als er den Sonnenschirm und das Buch in den Händen seiner Frau entdeckte.

«Nein, ins Wäldchen», antwortete sie leicht errötend.

«Allein?»

«Mit ihm …», brachte Mme. M. heraus und deutete auf mich. «Ich gehe morgens gern ein wenig allein spazieren», fügte sie mit gepresster, unsicherer Stimme hinzu, fast als lüge sie das erste Mal im Leben.

«Hm … Ich habe eben erst eine ganze Gruppe hinausbegleitet. Sie sind jetzt alle am Rosenpavillon, um N. zu verabschieden. Wie Sie vielleicht gehört haben, reist er ab … Offenbar muss er in Odessa irgendwelche Schwierigkeiten beheben … Ihre Cousine», damit meinte er meine blonde Peinigerin, «hat abwechselnd gelacht und geweint. Aber wer wird aus ihr schon klug? Im Übrigen hat sie mir gesagt, dass Sie N. aus irgendeinem Grunde zürnen und ihn deshalb nicht verabschieden wollten. Ich vermute, das ist haltloser Unsinn?»

«Ja, das ist so ihre Art zu scherzen», antwortete Mme. M., wobei sie bereits die Stufen der Terrasse hinunterging.

«Und das ist wohl, wie ich annehme, Ihr täglicher *cavalier servant*», bemerkte Monsieur M., der den Mund zu einem Grinsen verzog und das Lorgnon auf mich richtete.

«Ich bin ihr Page!», rief ich, über das Lorgnon ebenso erbost wie über das Grinsen, und lachte ihm ins Gesicht, während ich gleich drei Treppenstufen mit einem Satz nahm.

«Wünsche jedenfalls noch einen angenehmen Spaziergang!», murmelte Monsieur M. und ging seines Weges.

Selbstverständlich war ich sofort zu Mme. M. gestürzt, kaum hatte sie im Gespräch mit ihrem Mann auf mich gedeutet, um dann eine Miene aufzusetzen, als hätte sie mich bereits vor einer geschlagenen Stunde eingeladen und als täte ich seit einem geschlagenen Monat nichts anderes, als sie auf ihrem Morgenspaziergang zu begleiten. Doch durchschauen konnte ich all das nicht. Warum war sie derart verlegen und verwirrt, und was war ihr bloß eingefallen, zu dieser kleinen Lüge Zuflucht zu suchen? Warum hatte sie nicht einfach geantwortet, sie gehe allein? Jetzt wusste ich nicht, wie ich ihr überhaupt noch in die Augen sehen sollte, doch dann, gefangen in meiner Verwunderung, spähte ich dennoch immer wieder kurz und in gänzlich unschuldiger Weise in ihr Gesicht; genau wie vor einer Stunde bei der Kostümprobe entgingen ihr indes sowohl mein Spähen als auch meine stummen Fragen. Ihr Gesicht, ihre Fahrigkeit und ihr Herumgehusche verrieten quälende Sorge, obendrein noch deutlicher und schmerzlicher als vorhin. Mit immer schnelleren Schritten eilte sie davon, äugte nervös in jede Allee, in jeden Pfad im Wald und drehte sich ständig zum Garten um. Auch ich rechnete nun mit irgendeiner bösen Überraschung. Mit einem Mal erklang hinter uns Hufgeklapper. Es war eine ganze Kavalkade von Reitern und Reiterinnen, die jenem N. das Geleit gaben, der unsere Gesellschaft so überraschend verließ.

Unter den Damen fand sich auch meine Blonde, was Monsieur M. ja bereits ebenso erwähnt hatte wie ihre

Tränen. Nun lachte sie freilich wieder wie ein Kind, ganz ihrer Art gemäß, und preschte wild auf einem herrlichen Braunen dahin. Als N. zu uns aufschloss, lüftete er den Hut, blieb jedoch nicht stehen und richtete kein einziges Wort an Mme. M. Binnen Kurzem war die ganze Gesellschaft unserem Blick entschwunden. Ich schielte zu Mme. M. hinüber und hätte vor Schreck beinahe aufgeschrien: Sie stand reglos und bleich wie ein Taschentuch da, während große Tränen aus ihren Augen rannen. Zufällig trafen sich unsere Blicke. Schlagartig errötete Mme. M. und drehte sich kurz weg, da Schmerz und Verärgerung deutlich erkennbar in ihrem Gesicht aufflackerten. Ich war hier noch überflüssiger als gestern, das wusste ich nur zu genau – doch wohin hätte ich mich flüchten sollen?

Als ahnte sie meine Pein, klappte Mme. M. unvermittelt das Buch auf, das sie in Händen hielt, und sagte, immer noch glutrot und meinen Blick offensichtlich meidend, in einem Ton, als bemerkte sie diesen Umstand gerade erst: «Ach, das ist ja der zweite Band, den muss ich aus Versehen mitgenommen haben. Bring mir doch bitte den ersten.»

O ja, hier gab es nichts misszuverstehen! Meine Rolle war ausgespielt, noch deutlicher hätte sie mich nicht fortjagen können.

Ich rannte mit ihrem Buch davon und kehrte nicht zurück. Der erste Band blieb an diesem Morgen friedlich auf dem Tisch liegen …

Nach diesem Vorfall war ich nicht mehr ich selbst.

Mein Herz hämmerte, als durchlitte es einen Schrecken nach dem andern. Ich setzte alles daran, Mme. M. aus dem Weg zu gehen. Dafür beobachtete ich mit geradezu unbändiger, wilder Neugier dieses selbstgefällige Individuum von Monsieur M., als müsste der Mann jeden Moment irgendeine Eigentümlichkeit offenbaren. Selbst heute verstehe ich beim besten Willen nicht, was es mit dieser albernen Neugier meinerseits auf sich hatte. Ich erinnere mich nur, dass mich all das, was ich an diesem Morgen erlebt hatte, in merkwürdiges Staunen versetzte. Mein Tag hatte da aber gerade erst angefangen – und er sollte für mich noch Abenteuer im Übermaß bereithalten.

Wir aßen an diesem Tag sehr früh zu Mittag. Gegen Abend war zu unser aller Vergnügen ein Ausflug zum Nachbardorf geplant, das einen Festtag beging, und deshalb war Zeit vonnöten, sich entsprechend vorzubereiten. Ich hatte schon seit drei Tagen von diesem Ausflug geträumt und hoffte auf mancherlei Lustbarkeiten. Zum Kaffee versammelten sich fast alle auf der Terrasse. Ich schlich quasi auf Zehenspitzen als Letzter dorthin und versteckte mich hinter drei Reihen von Stühlen. Die Neugier hatte mich angezogen, gleichzeitig wollte ich Mme. M. um keinen Preis unter die Augen treten. Wie der Zufall es wollte, fand ich mich jedoch recht nahe bei meiner blonden Peinigerin wieder. Mit ihr war an diesem Tag ein Wunder geschehen, etwas, was man nicht für möglich gehalten hätte: Sie war noch einmal so hübsch wie sonst. Keine Ahnung, wie und woher dergleichen kommt, doch solche Wunder widerfahren Frauen ja recht häufig. Inzwischen war auch ein neuer Gast zu uns gestoßen, ein hochgewachsener, blassgesichtiger junger Mann, ein glühender Verehrer unserer Blonden, der gerade eben aus Moskau eingetroffen war, fast als wollte er den abgereisten N. ersetzen, von dem ja ebenfalls das Gerücht ging, er sei unsterblich in unsere Schönheit verliebt. Der neue Gast stand mit der Blonden freilich seit eh und je auf dem gleichen Fuße wie Benedict mit Beatrice in Shakespeares «Viel Lärm um nichts»[13]. Kurz und gut, unsere Schönheit war an diesem Tag ganz in ihrem Element. Ihre Späße und ihr Geplauder waren so apart, so vertrauensvoll-naiv, so harmlos-unbedacht, sie war mit einer solch charmanten Selbstgewissheit überzeugt, alle Welt liege ihr zu Füßen, dass sie tatsächlich die ganze Zeit über in den Genuss einer irgendwie besonderen Anbetung kam. Der dichte Kreis aus erstaunten und in sie verliebten Zuhörern, der sich um sie herum gebildet hatte, wollte einfach nicht aufbrechen, war sie doch bezaubernd wie nie zuvor. Jedes ihrer Worte verführte, versetzte die Zuhörer in Erstaunen, wurde aufgegriffen und in jenem Kreis herumgereicht, nicht einer ihrer Späße, nicht einer ihrer Streiche lief ins Leere. Anscheinend hatte niemand bei ihr so viel Glanz, Esprit und Verstand erwartet. Im täglichen Leben begruben ihr unsagbar kapriziöser Leichtsinn und ihre fast schon an Narretei grenzende Schalkhaftigkeit ihre besten Eigenschaften ja unter sich. Kaum jemand bemerkte diese deshalb. Und wenn doch, meinte er, sich geirrt zu haben, sodass ihr außergewöhnlicher Erfolg an diesem Tag das aufgeregte, verwunderte Raunen aller nach sich zog.

Zu diesem Erfolg trug übrigens noch ein besonderer und – zumindest was die Rolle anging, die der Mann von Mme. M. dabei spielte – auch recht delikater Umstand bei. Die Schelmin hatte nämlich beschlossen – und es sei hinzugefügt: fast zur allgemeinen Genugtuung oder zumindest zur Genugtuung der Jugend –, ihn aus zahlreichen, in ihren Augen vermutlich höchst triftigen Gründen erbittert zu attackieren. Sie ging mit einem wahren Feuerwerk aus spitzen, anspielungsreichen und sarkastischen Äußerungen auf ihn los, mit absolut unumstößlichen und windigen, mit absolut tückischen, mit unangreifbaren und rundum glatten Behauptungen, die stets ins Schwarze trafen, an denen man sich jedoch an keiner Stelle festhaken konnte, um sie zu widerlegen, und die ihr Opfer in seinem erfolglosen Widerstand einzig auslaugten, einzig zur albernsten Verzweiflung trieben.

Beschwören will ich es nicht, doch meiner Ansicht nach hatte sie diesen Streich geplant, nicht spontan ausgeheckt. Dieses verzweifelte Duell hatte bereits nach dem Mittagessen begonnen. Ich nenne es «verzweifelt», weil Monsieur M. gar nicht daran dachte, die Waffen zu strecken. Allerdings musste er all seine Geistesgegenwart, all seinen Scharfsinn und all seine kostbare Spitzfindigkeit aufbringen, damit er nicht mit Pauken und Trompeten unterging oder sich bis auf die Knochen blamierte. Das Ganze wurde von ununterbrochenem lautem Gelächter aller Zeugen und Teilnehmer dieses

Kampfes begleitet. Der Tag heute und der gestern – das waren zumindest für Monsieur M. zwei Paar Schuhe. Mme. M. schickte sich zwar mehrfach an, ihrer übermütigen Freundin Einhalt zu gebieten, doch diese hatte es sich nun einmal vorgenommen, den eifersüchtigen Gatten in ein ganz und gar närrisches und lächerliches Kostüm zu stecken und zusätzlich wohl auch in das Kostüm des Blaubart, so jedenfalls verstehe ich das Ganze, so habe ich es in Erinnerung und so lege ich die Rolle aus, die ich in diesem Gefecht spielen sollte.

Dazu kam es ganz plötzlich, auf völlig absurde Weise und gänzlich unerwartet, denn mit einem Mal richteten sich, fast als hätten sie sich abgesprochen, aller Augen auf mich, der ich nichts Böses ahnte und sogar meine bisherige Vorsicht vergessen hatte. Plötzlich sollte also auch ich eine Hauptrolle in diesem Spektakel übernehmen, und zwar die des Erzfeindes und natürlichen Gegners von Monsieur M., die des stürmischen, ja maßlos in seine Frau verliebten Rivalen, was meine Tyrannin denn auch auf der Stelle beschwor, worauf sie ihr Wort gab, was sie mit der Behauptung untermauerte, sie habe Beweise an der Hand und beispielsweise gerade erst heute im Wald gesehen …

Doch noch ehe sie diesen Satz beenden konnte, unterbrach ich sie in dem für mich so verzweifelten Moment. Den freilich hatte sie kaltschnäuzig geplant, heuchlerisch auf das bittere Ende hin vorbereitet, auf dieses närrische Finale, und derart komisch inszeniert, dass dieser letzten Dreistigkeit eine wahre Salve allgemeinen ungezügelten

Gelächters folgte. Sicher, ich ahnte da schon, dass mir gar nicht die lausigste Rolle zuteilgeworden war, aber dennoch war ich so verwirrt, wütend und erschrocken, dass ich mich, ein Ausbund an Tränen, Schmerz und Verzweiflung, an Scham fast erstickend, durch zwei Reihen Stühle vorkämpfte, vortrat und, an meine Tyrannin gewandt, stammelnd, da immer wieder durch Tränen und Unglauben zur Sprachlosigkeit verurteilt, schrie: «Schämen Sie sich denn nicht ... laut ... vor all den Damen ... eine derartig üble ... Lüge vorzubringen ...?! Sie ... wie ein kleines Mädchen ... vor all den Männern ... Was werden sie nun sagen? Sie ... sind doch schon groß ... und verheiratet ...!»

Ich hatte noch mehr auf den Lippen, doch ohrenbetäubender Applaus kam mir zuvor. Mein Auftritt hatte wahrhaft *furore*[14] gemacht. Meine naive Geste, meine Tränen, vor allem jedoch der Umstand, dass ich gleichsam zur Verteidigung des Monsieur M. vorgetreten war – all das beschwor ein solch höllisches Gelächter herauf und kommt mir heute, in der Erinnerung, selbst ungeheuer komisch vor ... Damals jedoch wusste ich überhaupt nicht, wie mir geschah, verlor fast den Verstand vor Panik und stürzte, lohend wie Schießpulver und mein Gesicht deshalb in den Händen verbergend, davon, wobei ich noch einem aus der Tür kommenden Diener das Tablett aus den Händen riss, als ich nach oben, hinauf in mein Zimmer eilte. Ich hatte gut daran getan, denn die Jagd auf mich war bereits eröffnet worden. Es verging keine Minute, da belagerte auch schon eine Schar der hübschesten unserer Damen meine Tür. Ich hörte ihr glockenhelles Lachen und ihr eifriges Geplapper, ihre miteinander verschmolzenen Stimmen. Sie zwitscherten alle zugleich, ganz wie die Schwalben. Sie alle – ja, ausnahmslos alle – baten und flehten mich an, die Tür doch wenigstens für eine Minute zu öffnen. Nicht das geringste Leid würden sie mir antun, das schworen sie, sondern mich einzig mit Küssen überhäufen. Indes … konnte es etwas Schrecklicheres geben als diese neue Drohung? Glühend vor Scham, presste ich hinter verschlossener Tür mein Gesicht ins Kopfkissen, öffnete jedoch nicht, ja antwortete ihnen nicht einmal. Sie klopften noch lange und drangen in mich, ich freilich war so gefühllos und taub, wie ein Elfjähriger nur sein kann.

Doch wie nun weiter? Alles war herausgekommen und zutage getreten, alles, was ich eifersüchtig für mich bewahrt und als Geheimnis gehütet hatte … Ewige Scham und Schande würden mein Schicksal sein …! Letzten Endes hätte ich nicht einmal selbst zu sagen gewusst, wovor genau ich solche Angst hatte und welches Geheimnis ich unbedingt für mich bewahren wollte. Gleichwohl empfand ich Angst und zitterte nach wie vor wie Espenlaub allein bei dem Gedanken, man könnte dieses Geheimnis entdecken. Bis eben hatte ich zudem selbst nicht gewusst, was es damit auf sich hatte: Ziemte sich dieses Geheimnis oder nicht, sollte ich mich dessen rühmen oder schämen, es billigen oder verurteilen? Nun aber, in meinen Qualen und in meinem unfreiwilligen Schmerz, erkannte ich, dass es mich zu *Lächerlich-*

keit und *Scham* verurteilte! Ebenso instinktiv erfasste ich, dass dieses Urteil nur falsch, unmenschlich und grob sein konnte. Doch ich war nun einmal am Boden zerstört, vernichtet, der Prozess meiner Wahrnehmung war irgendwie zum Stillstand gebracht und in mir selbst verknotet. Folglich konnte ich dieses Urteil weder anfechten noch in aller Ruhe abwägen. Benebelt, wie ich war, wusste ich einzig, dass mein Herz unendlich, unmenschlich verletzt war, und brach in hilflose Tränen aus. Ich war wütend, in mir kochten Unglauben und Hass, den ich allerdings überhaupt erst jetzt kennenlernte, war dies doch das erste Mal in meinem Leben, dass ich echten Kummer, Demütigung und Kränkung hinnehmen musste. Aber all das war wirklich so, das ist nicht übertrieben. In mir, dem Kind, war ein erstes, noch gänzlich unerfahrenes, unausgebildetes Gefühl mit Füßen getreten worden, war die erste, betörend unschuldige Scham schmerzlich bloßgelegt und verhöhnt worden, war der erste und, gut möglich, der entscheidende ästhetische Eindruck verlacht worden. Natürlich wussten all die, die mich da verspotteten, nichts von meinen Qualen, ahnten nicht einmal etwas von ihnen. Bis zu einem gewissen Grade lag das eben daran, dass ich jenes Geheimnis, das ich selbst noch nicht durchschaut hatte und das zu durchschauen ich mich sogar fürchtete, so eifersüchtig gehütet hatte. Voller Schmerz und Verzweiflung lag ich nun auf meinem Bett, das Gesicht ins Kopfkissen vergraben. Abwechselnd überfielen mich Hitze und Frösteln. Es waren zwei Fragen, die mich quälten: Was hatte meine nichtsnutzige Blonde gesehen beziehungsweise was genau konnte sie überhaupt von der Szene im Wald zwischen Mme. M. und mir mitbekommen haben? Und dann vor allem die zweite Frage: Wie, mit welchen Augen, auf welche Weise sollte ich Mme. M. in Zukunft ins Gesicht sehen, ohne auf der Stelle vor Scham und Verzweiflung zu sterben?

Ein ungewöhnlicher Lärm von draußen riss mich schließlich aus dem tranceartigen Zustand, in dem ich mich befunden hatte. Ich stand auf und ging zum Fenster hinüber. Gespanne, Reitpferde und umhereilende Diener hatten den ganzen Hof mit Beschlag belegt. Offenbar machten sich alle zum Aufbruch bereit. Einige Reiter waren bereits aufgesessen, andere Gäste verteilten sich noch auf die Wagen … Sofort fiel mir der angekündigte Ausflug wieder ein, und nach und nach sickerte Unruhe in mein Herz. Ich hielt hartnäckig im Hof nach meinem Klepper[15] Ausschau. Der indes war nirgends zu sehen, man musste mich also vergessen haben. Das war zu viel, und ich sauste Hals über Kopf nach unten, ohne an etwaige peinliche Begegnungen oder meine Scham von eben zu denken …

Eine schreckliche Nachricht erwartete mich. Es gab diesmal weder ein Reitpferd noch einen Platz in einem Wagen für mich. Alles war schon vergeben und besetzt, sodass ich anderen den Vortritt lassen musste.

Gefangen in diesem neuen Kummer, blieb ich auf der Freitreppe stehen und blickte traurig auf die lange Reihe aus Kutschen, Tilburys und Kaleschen, in denen sich für mich auch nicht mehr das winzigste Plätzchen fand, aber auch auf die eleganten Reiterinnen, unter denen die ungeduldigen Pferde tänzelten.

Aus irgendeinem Grund fehlte einer der Reiter noch. Alle warteten nur auf ihn, um dann endlich aufbrechen zu können. Vor dem Haus kaute sein Pferd auf der Kandare, scharrte mit den Hufen den Boden auf, zuckte unablässig und scheute vor Aufregung. Zwei Stallknechte hatten vorsichtig seine Zügel gepackt, alle anderen hielten gebührenden Abstand zu ihm.

Im Übrigen hatte sich ein mehr als ärgerlicher Zwischenfall zugetragen, der nun verhinderte, dass ich mitritt: Nicht nur, dass zahlreiche neue Gäste eingetroffen waren, die alle Plätze in den Wagen und alle Pferde mit Beschlag belegt hatten, nein, obendrein waren auch noch zwei Pferde erkrankt, eins davon mein Klepper. Allerdings war ich nicht der Einzige, der unter diesen Gegebenheiten zu leiden hatte: Wie sich herausstellte, gab es auch für diesen neuen Gast, diesen blassgesichtigen jungen Mann, von dem ich schon gesprochen habe, kein Pferd. Um Misslichkeiten gar nicht erst aufkommen zu lassen, hatte unser Gastgeber deshalb zu einer extremen Lösung Zuflucht nehmen müssen: Er hatte dem Mann seinen ungebärdigen, kaum zugerittenen Hengst angeboten, jedoch, wohl um sein eigenes Gewissen zu beruhigen, sofort hinzugefügt, man könne dieses Tier nicht reiten, das er, fände sich nur ein Interessent, wegen seines wilden Charakters auch schon längst verkauft hätte. Nach dieser Vorwarnung hatte der Gast lediglich erklärt, er sei ein hervorragender Reiter und in jedem Fall bereit, sich auf was auch immer zu setzen, um mitzukommen. Darauf hatte unser Gastgeber kein Wort erwidert, aber heute meine ich, ein zweideutiges und hinterhältiges Lächeln habe um seine Lippen gespielt. Er war in Erwartung dieses Reiters, der sich derart mit seiner Kunst gebrüstet hatte, noch nicht auf sein Pferd gestiegen, sondern rieb sich voller Ungeduld die Hände und spähte alle Naslang zur Tür des Hauses hinüber. Ähnlich ging es vermutlich den beiden Stallknechten, die den Hengst hielten und fast vor Stolz platzten, sich mit einem solchen Pferd, das jederzeit mir nichts, dir nichts einen Menschen zu Tode trampeln konnte, vor Publikum präsentieren zu dürfen. Etwas, was dem hinterhältigen Lächeln des Gutsherrn durchaus gleichkam, funkelte nämlich auch in ihren Augen, die erwartungsvoll aufgerissen und ebenfalls auf die Tür gerichtet waren, aus der unser frisch eingetroffener Held heraustreten sollte. Zu guter Letzt verhielt sich sogar das Pferd selbst in einer Weise, als habe es sich mit dem Gastgeber und den Knechten verschworen: Stolz und hochmütig, wie es sich gab, spürte es wohl, dass einige Dutzend neugieriger Blicke auf es gerichtet waren, und schien mit seinem fragwürdigen Ruf protzen zu wollen, genau wie ein anderer unverbesserlicher Taugenichts[16] sich einst mit seinen Galgenstreichen brüstete. Allem Anschein nach trug sich der Hengst nämlich mit der Absicht, jenen Gast, der glaubte, sich kühn auf ihn schwingen zu können, seinerseits herauszufordern.

Schließlich erschien unser Held in der Tür. Voller Gewissensbisse, dass er uns hatte warten lassen, und hastig die Handschuhe überstreifend, trat er aus dem Haus, stieg, den Blick zu Boden gerichtet, die Stufen der Treppe hinunter und sah erst auf, als er kurz davor war, die Hand auszustrecken, um den Widerrist des ungeduldig auf ihn wartenden Pferdes zu packen, unterließ dies dann jedoch abrupt, durch das wilde Aufbäumen des Pferdes und einen Warnschrei des ganzen erschrockenen Publikums abgehalten. Der junge Mann trat zurück und starrte voller Unglauben auf das ungestüme Pferd, das am ganzen Körper bebte, vor Wut schnaubte und wild mit den blutunterlaufenen Augen rollte, das Gewicht auf die hinteren Beine verlagerte und die vorderen hochriss, als wollte es gleich lossprengen und dabei die beiden Stallknechte mit sich schleifen. Für einen kurzen Moment stand der Mann völlig reglos da, ließ den Blick dann – immerhin ein wenig errötet ob dieses kleinen Zwischenfalls – über den Kreis der Zuschauer wandern und schließlich auf den verängstigten Damen ruhen.

«Das ist ein sehr gutes Pferd!», brachte er fast an sich selbst gerichtet heraus, «und soweit ich es beurteilen kann, dürfte es größtes Vergnügen bereiten, es zu reiten, aber … aber wissen Sie was? Ich werde doch nicht mitreiten», schloss er und drehte sich mit einem breiten, offenherzigen Lachen, das so vortrefflich zu seinem freundlichen und klugen Gesicht passte, unserem Gastgeber zu.

«Trotzdem halte ich Sie für einen exzellenten Reiter, das versichere ich Ihnen», erwiderte der Besitzer des unnahbaren Pferdes erfreut, während er dem jungen Mann eifrig und sogar mit Dankbarkeit die Hand schüttelte, «eben gerade weil Sie bereits auf den ersten Blick erkannt haben, mit was für einem Tier Sie es hier zu tun bekommen», schob er würdevoll nach. «Ob Sie es nun glauben oder nicht, aber selbst mir, der ich dreiundzwanzig Jahre bei den Husaren gedient habe, ist bereits dreimal die Freude zuteilgeworden, dank der Gnade dieses Tiers am Boden zu liegen, das heißt genauso oft, wie ich mich auf diesen … diesen Tunichtgut gesetzt habe. Tankred,[17] mein Freund, hier gibt es keinen Reiter für dich. Du brauchst offenbar einen wie Ilja Muromez[18], nur versauert der wohl gerade noch im Dorf Karatscharowo[19] und wartet darauf, dass dir die Zähne ausfallen. Gut, bringt ihn weg! Er hat unsere Gäste lange genug erschreckt! Wir hätten ihn gar nicht erst aus dem Stall holen sollen!», schloss er und rieb sich selbstzufrieden die Hände.

Tankred, das sei hier angemerkt, hatte ihm tatsächlich nie den geringsten Vorteil gebracht, sondern wirklich nur seinen Hafer gefressen. Mehr noch, der alte Husar hatte sich wegen des Tiers auch noch seinen damaligen Ruhm als Remonteoffizier[20] ruiniert, denn er hatte einen horrenden Preis für diesen ausgemachten Tunichtgut bezahlt, der vielleicht einzig seine Schönheit für sich geltend machen konnte … Dennoch zeigte sich unser Gastgeber nun begeistert davon, dass sein Tankred sich nicht die Ehre hatte abschneiden lassen, sondern auch diesen Reiter in die Flucht geschlagen und sich damit weitere seiner absurden Lorbeeren verdient hatte.

«Was soll das heißen – Sie reiten nicht mit?», rief meine Blonde, die ihren *cavalier servant* bei diesem Ausflug unbedingt an ihrer Seite wissen wollte. «Sind Sie wirklich ein solcher Feigling?»

«Ja, bei Gott, das bin ich!», antwortete der junge Mann.

«Das ist nicht Ihr Ernst?!»

«Ich bitte Sie, Sie werden doch nicht wollen, dass ich mir das Genick breche?»

«Dann nehmen Sie halt mein Pferd. Haben Sie keine Angst, es ist ein braves Tier. Umgesattelt ist auch im Nu, wir halten also niemanden auf. Ich werde dann eben auf Ihrem Pferd reiten. Tankred wird ja wohl nicht allen gegenüber so unhöflich sein!» Gesagt, getan! Die Schelmin sprang aus dem Sattel, und noch ehe sie den letzten Satz beendet hatte, stand sie bereits vor uns.

«Sie kennen Tankred nicht, wenn Sie glauben, er ließe sich einen Witz von Damensattel anlegen! Genauso wenig, wie ich erlauben werde, dass Sie sich das Genick brechen. Das wäre nämlich ein herber Verlust für uns alle», brachte unser Gastgeber heraus, wobei er, in diesem Moment wie gesagt innerlich hochzufrieden, die ohnehin schon übertriebene, theatralische Schroffheit, ja die Derbheit seiner Rede, die sich seiner Ansicht nach nun einmal für einen gestandenen Kerl und alten Haudegen ziemte und besonders bei den Damen gut ankam, aus alter Gewohnheit noch weiter steigerte. Dies war nun einmal eine seiner Grillen, seine liebste, uns allen gut bekannte Eigenheit.

«Und was ist mit dir, du Hasenfuß, warum versuchst du es nicht? Schließlich wolltest du doch um jeden Preis mitreiten», wandte sich die kühne Reiterin an mich, kaum dass sie mich bemerkt hatte, und nickte herausfordernd zu Tankred hinüber, dies aber eigentlich nur, damit sie nicht unverrichteter Dinge das Feld räumen musste, wo sie nun schon einmal vom Pferd abgesessen war, aber auch damit ich in den Genuss meiner üblichen spitzen Bemerkung von ihrer Seite kam, da ich doch nun schon einmal den Fehler begangen hatte, wieder bei ihnen aufzutauchen.

«Du bist sicher nicht so einer wie ... ach was, lassen wir das, ein tapferer Held wird sich jedenfalls schämen, sich wie ein Feigling zu verhalten. Erst recht», sagte sie mit einem raschen Blick hinüber zu Mme. M., deren Kutsche in nächster Nähe wartete, «wenn dann aller Augen auf Sie gerichtet sein werden, Sie hübscher Page.»

Hass und Rachsucht hatten mein Herz erfüllt, als die schöne Amazone in der Absicht, sich auf Tankred zu schwingen, auf uns zugekommen war ... Was ich nun, angesichts dieser überraschenden Herausforderung durch die Spitzbübin empfand, das vermag ich nicht zu sagen. Als ich indes ihren Blick hinüber zu Mme. M. auffing, vergaß ich alles um mich herum. Geradezu in Sekundenschnelle flackerte in meinem Kopf eine Idee auf ... ja, das geschah wirklich im Bruchteil einer Sekunde, in weniger noch als einer Sekunde, das war wie Pulver, das in die Luft geht, oder vielleicht war das Maß auch einfach voll, sodass ich nun plötzlich mit frisch gefasstem Mut aufbegehrte, ja dass ich mit einem Mal all meine Feinde mit einem einzigen Streich erledigen wollte, um mich an ihnen in Anwesenheit aller für alles zu rächen, ihnen hier und jetzt vor Augen zu führen, was für ein Mensch ich war. Oder hatte mich vielleicht jemand wie von Zauberhand in diesem Moment mit mittelalterlicher Geschichte vertraut gemacht, von der ich bis dahin keinen blassen Schimmer hatte, sodass nun plötzlich in meinem schwindelnden Kopf Turniere, Paladine, Helden, schöne Damen, Ruhm und Sieger aufblitzten, sodass in ihm die Trompeten der Herolde, das Klirren der Degen, die Schreie und der Beifall der Menge zu hören waren, wobei sich inmitten all dieser Schreie der schüchterne Aufschrei eines einzelnen bangenden Herzens erhob, der für jene stolze Seele noch süßer ist als jeder Sieg und Ruhm … Keine Ahnung, ob sich damals wirklich dieser ganze Unsinn in meinem Kopf abgespielt hat oder ob sich da nicht bereits ganz anderer, geradezu unvermeidlicher Unsinn ankündigte – ich wusste nur, dass meine Stunde geschlagen hatte. Mein Herz hüpfte und zitterte, und heute erinnere ich mich nicht einmal mehr, wie ich mit einem einzigen Sprung die Treppenstufen überwand und zu Tankred gelangte.

«Glauben Sie etwa, ich hätte Angst?», schrie ich dreist und stolz, denn in meiner Wut vergaß ich mich völlig, schnaubte obendrein vor Aufregung und lief so rot an, dass mir die Tränen die Wangen verbrannten. «Dann passen Sie mal auf!» Und Tankred am Widerrist packend, schob ich einen Fuß in den Steigbügel, bevor auch nur irgendjemand sich rühren und mich aufhalten konnte. In diesem Augenblick bäumte sich Tankred jedoch auf, schüttelte den Kopf, riss sich mit einem gewaltigen Sprung von den versteinerten Stallknechten los und stob wie ein Wirbelwind davon, woraufhin alle kreischten und schrien.

Gott allein weiß, wie es mir gelang, in gestrecktem Galopp auch noch das andere Bein über den Sattel zu schwingen. Genauso schleierhaft ist mir, welchem Wunder ich es verdankte, dass mir die Zügel nicht entglitten. Tankred raste mit mir durch das Gittertor, bog anschließend scharf nach rechts ab und stürzte blindlings am Zaun entlang, ohne auf den Weg zu achten. Erst in diesem Augenblick hörte ich hinter mir den Schrei aus fünfzig Kehlen, und dieser Schrei hallte in meinem aufgewühlten Herzen mit einem solchen Gefühl von Genugtuung und Stolz wider, dass ich diese irrsinnige Minute meines Kinderlebens nie vergessen werde. Das Blut schoss mir in den Kopf, ließ mich ertauben und spülte meine Angst fort, erstickte sie. Ich erkannte mich selbst nicht wieder. Und in der Tat hatte das Ganze etwas von, wie ich heute zugebe, echtem Rittertum.

Im Übrigen begann und endete mein ganzes Ritterdasein im Nu, andernfalls wäre es um den Ritter wohl schlimm bestellt gewesen. Auch in dieser Frage weiß ich nicht zu sagen, was mich eigentlich gerettet hat. Reiten konnte ich, das hatte man mir beigebracht. Mein Klepper glich freilich eher einem Schaf als einem Reittier. Daher wäre ich vermutlich in hohem Bogen von Tankreds Rücken katapultiert worden, wenn dieser nur genug Zeit gehabt hätte, mich abzuwerfen. Doch nachdem er rund fünfzig Schritt dahingeprescht war, erschreckte ihn mit einem Mal ein riesiger Stein, der ihm im Weg lag, und er nahm in entgegengesetzte Richtung Reißaus. Dabei machte er aus vollem Lauf heraus kehrt, dies zudem derart jäh, regelrecht als habe er, wie es so schön heißt, völlig den Kopf verloren, weshalb mir noch heute ein Rätsel ist: Wieso flog ich nicht drei Saschen[21] weit wie ein Ball aus dem Sattel, wieso brach ich mir nicht alle Knochen und wieso strauchelte Tankred bei dieser scharfen Kehrtwende nicht? Er stob zum Tor zurück, wütend den Kopf schüttelnd und wild zu beiden Seiten ausbrechend, von seiner Raserei schier berauscht, sich immer wieder aufbäumend, mich mit jedem Satz in die Luft werfend, fast als hätte ihn ein Tiger angefallen und ihm Zähne wie Krallen ins Fleisch getrieben. Es fehlte nicht viel, und er hätte mich tatsächlich abgeworfen. Immerhin rutschte ich schon zur Seite. Doch es sprengten bereits einige Reiter zu meiner Rettung herbei. Zwei von ihnen versperrten die Straße zum Feld, zwei andere galoppierten so dicht an uns heran, dass sie mir fast die Beine zerquetscht hätten, als sie Tankred von beiden Seiten mit ihren Pferden in die Zange nahmen. Sie zügelten ihn, und wenige Sekunden später erreichten wir die Freitreppe …

Bleich und kaum noch atmend, wurde ich vom Pferd gehoben. Ich zitterte am ganzen Körper wie ein Grashalm im Wind, was im Übrigen auch für Tankred galt, der nun dastand, sich mit dem ganzen Körper zurückstemmend, so reglos, als hätte er seine Hufe im Boden eingegraben, seinen heißen Atem schwer aus den roten, dampfenden Nüstern ausstoßend und eben am ganzen Körper so leicht zitternd wie ein Blatt, gleichzeitig jedoch geradezu erstarrt in seinem Gekränktsein, in seiner Wut, dass ein derart frecher Junge ungestraft davonkommen sollte. Um mich herum erklangen Schreie der Bestürzung, Verwunderung und Angst.

Da traf mein umherirrender Blick den von Mme. M., die beunruhigt und blass war, und – diesen Moment kann ich nicht vergessen – im Nu lief mein Gesicht rot an, bis es glühte und brannte wie Feuer. Ich weiß nicht mehr, was man mit mir machte, doch von meiner eigenen Empfindung aufgewühlt und erschreckt, senkte ich schüchtern den Blick zu Boden. Dennoch war das Ganze bemerkt, ich ertappt worden, war mein Geheimnis mir gestohlen worden. Aller Augen richteten sich auf Mme. M., die, über die allgemeine Aufmerksamkeit zutiefst bestürzt, in ihrem ungewollten und reinen Gefühl nun ebenfalls rot wie ein Kind wurde und mit allen Kräften, wenn auch völlig vergeblich, versuchte, diese Röte wegzulachen …

Sicher, von außen betrachtet, wirkte all das äußerst komisch. Vor dem allgemeinen Spott rettete mich in diesem Augenblick jedoch ein gänzlich unschuldiges und unerwartetes Verhalten, das dem ganzen Abenteuer nachträglich einen besonderen Anstrich verlieh. Die Schuldige dieses ganzen Wirrwarrs nämlich, diejenige, die bis zu diesem Moment meine unerbittliche Feindin gewesen war, meine wunderschöne Tyrannin, stürzte mit einem Mal zu mir, umarmte und küsste mich. Sie hatte ihren Augen nicht getraut, als ich ihre Herausforderung tapfer angenommen, als ich den Fehdehandschuh, den sie mir mit einem Blick auf Mme. M. hingeworfen hatte, aufgeklaubt hatte. Beinahe gestorben wäre sie vor Angst um mich und vor Gewissensbissen, als ich auf Tankred davongeschossen war. Nun aber, da alles vorüber war, und zumal da sie, wie alle anderen ja auch, jenen Blick, den ich Mme. M. zugeworfen hatte, meine Verlegenheit und meine unvermittelte Röte mitbekommen hatte, nun, da sie mit ihrem romantisch gestimmten, leichtsinnigen Kopf meinem Verhalten einen neuen, geheimen, noch unausgesprochenen Sinn unterschob – nach alldem also erfasste sie eine solche Begeisterung für mein *Rittertum*, dass sie zu mir stürzte und mich voller Rührung, voller Freude und Stolz an ihre Brust drückte. Kurz darauf reckte sie der gesamten um uns beide versammelten Menge das unschuldigste, das strengste Gesichtchen entgegen, auf dem zwei kleine kristallene Tränchen zitterten und schillerten, und mit einem ernsten, gewichtigen Stimmchen, wie es von ihr noch nie zu hören gewesen war, sagte sie, auf mich deutend: *«Mais c'est très sérieux, messieurs, ne riez pas!»,*[22] ohne dabei auch nur zu bemerken, dass alle wie verzaubert von ihr waren, wie verliebt in ihre reine Begeisterung. All das, ihr überraschendes, schnelles Herbeieilen, ihr ernsthaftes kleines Gesicht, diese unverfälschte Naivität, diese innigen Tränen, die ihr bis zu dieser Sekunde niemand zugetraut hätte, die aber nun aus diesen ewig lachenden Augen strömten, nahm sich an ihr als solch überraschendes Wunder aus, dass alle reglos vor ihr standen, geradezu elektrisiert durch ihren Blick, ihre raschen, hitzigen Worte und ihre Gesten. Es schien, als hielten alle die Augen wie gebannt auf sie gerichtet, voller Furcht, ihnen könnte dieser kostbare Ausdruck entgehen, der sich da in ihrem beseelten Gesicht spiegelte. Sogar unser Gastgeber wurde rot wie eine Tulpe, und später sollte manch einer beteuern, er habe gehört, wie der Mann «zu seiner Schande» zugab, fast eine geschlagene Minute in seine schöne Besucherin verliebt gewesen zu sein. Und ich stand nach alldem selbstverständlich als Ritter und Held da.

«Ein Delorge!», vernahm ich um mich herum. «Ein Toggenburg!»[23]

Beifall brandete los.

«Eine prachtvolle Generation wächst da heran!», fügte der Hausherr hinzu.

«Aber jetzt kommt er mit, unbedingt kommt er jetzt mit!», rief meine Schöne. «Wir werden und wir müssen einen Platz für ihn finden. Er kann vor mir sitzen, auf meinem Schoß … oder nein, nein! Das war nur dahingesagt!», verbesserte sie sich, loskichernd und sogleich außerstande, in Erinnerung an unsere erste Begegnung das Lachen zurückzuhalten. Doch noch während sie kicherte, streichelte sie mir sanft die Hand und beschwichtigte mich nach besten Kräften, damit ich ihr die Worte ja nicht verübelte.

«Unbedingt! Oh, ganz unbedingt!», schlossen sich etliche Stimmen an. «Er muss mitreiten, er hat seinen Platz ehrlich errungen.»

Die Sache war im Nu entschieden. Auf jene alte Jungfer, welche die Blonde überhaupt erst auf mich aufmerksam gemacht hatte, prasselten die Bitten der Jugend nieder, doch zu Hause zu bleiben und mir ihren Platz zu überlassen, sodass sie sich schließlich zu ihrem unermesslichen Verdruss lächelnd, jedoch insgeheim vor Wut schäumend dem allgemeinen Wunsch beugte. Meine bisherige Feindin und nunmehrige Freundin, die bislang ihre Hand schützend über die Alte gehalten hatte, schrie ihr, bereits auf ihrem feurigen Pferd davongaloppierend und lachend wie ein Kind, noch zu, sie beneide sie ungeheuer und bliebe am liebsten mit ihr zusammen zu Hause, denn gleich werde bestimmt Regen einsetzen und uns alle bis auf die Knochen durchweichen.

Damit schien sie den Regen förmlich herbeigeunkt zu haben. Eine Stunde später brach ein wahrer Sturzbach los, und unser Ausflug fiel ins Wasser. Ein paar Stunden mussten wir sogar in Bauernhütten abwarten, erst in einer klammen Stunde nach dem Regen konnten wir um neun Uhr abends wieder aufbrechen. Da machte sich bei mir bereits ein leichtes Fieber bemerkbar. Gerade als wir alle aufsaßen oder in den Wagen Platz nahmen, trat Mme. M. an mich heran, völlig erstaunt, dass ich nur eine dünne Jacke trug und keinen Schal umgebunden hatte. Ich erklärte ihr, ich hätte es nicht mehr geschafft, meinen Mantel mitzunehmen. Daraufhin zog sie die Nadel aus ihrem Halstuch, stellte den schmalen Kragen meines Hemdes auf und steckte ihn mit der Nadel zusammen, nahm das rosenrote Gazetuch von ihrem Hals und wickelte es um den meinen, damit ich mich nicht erkältete. All das tat sie so rasch, dass ich nicht einmal Gelegenheit fand, ihr zu danken.

Nach Hause zurückgekehrt, begegnete ich ihr dann in dem kleinen Salon wieder, wo sie sich in Gesellschaft meiner Blonden und jenes blassgesichtigen jungen Mannes aufhielt, der heute seinen Ruf als Reiter durch seine Furcht, Tankred zu besteigen, so vortrefflich untermauert hatte. Ich ging zu ihr, denn ich wollte ihr das Tuch zurückgeben. Da ich mich nach all meinen Abenteuern jedoch in meiner Haut irgendwie unwohl fühlte, sehnte ich mich danach, möglichst schnell zu mir nach oben zu gehen, dort ungestört über alles nachzudenken und mir endlich einen Reim auf all das zu machen. Ich war ja geradezu übersättigt von Eindrücken. Während ich ihr nun das Tuch überreichte, lief ich, wie nicht anders zu erwarten, bis zu den Ohren rot an.

«Jede Wette, dass er das Tuch zu gern behalten will», sagte der junge Mann amüsiert. «Ihm steht doch ins Gesicht geschrieben, dass er es nicht wieder hergeben will.»

«O ja, völlig richtig!», ereiferte sich meine Blonde. «Eben! Wie kann man nur so …», stieß sie mit theatralischer Verärgerung und sogar kopfschüttelnd aus, wurde dann im letzten Moment aber von Mme. M., die diesen Scherz nicht auf die Spitze treiben wollte, am Weitersprechen gehindert.

Sofort stürmte ich aus dem Raum.

«Du bist mir schon einer!», bemerkte meine Spottdrossel, als sie mich im Nebenzimmer eingeholt hatte und mich freundschaftlich bei beiden Händen packte. «Du hättest das Halstuch einfach nicht zurückgeben sollen, wenn du es so gern behalten möchtest. Du hättest doch einfach sagen können, du habest es verlegt, und die Sache wäre erledigt gewesen. Aber nein, das bringst du nicht fertig! Du bist mir schon ein komischer Vogel!» Nach diesen Worten schnippte sie mir ganz sanft mit dem Finger gegen das Kinn, brach dann aber in schallendes Gelächter aus, weil ich rot wie Mohn wurde. «Ich bin doch jetzt deine Freundin, oder nicht? Unsere Feindschaft ist doch begraben, stimmt's? Ja oder nein?»

Nun fing auch ich an zu lachen und drückte ihr wortlos zur Bestätigung die Hand.

«Na, siehst du … Aber sag mal, warum bist du mit einem Mal so blass und zitterst die ganze Zeit? Du wirst doch keinen Schüttelfrost haben?»

«Ich glaube, ich bin tatsächlich krank.»

«Ach, du Armer! Daran sind nur all die Eindrücke schuld! Aber weißt du was? Du gehst jetzt gleich schlafen, ohne noch das Abendessen abzuwarten, und morgen früh bist du wieder putzmunter. Na, komm, gehen wir hoch!»

Sie begleitete mich nach oben, doch damit hatte sich ihre Fürsorge noch nicht erschöpft. Damit ich mich ausziehen konnte, ließ sie mich allein und eilte in der Zwischenzeit nach unten, verlangte einen Tee für mich und servierte ihn mir, als ich bereits im Bett lag. Auch eine warme Decke brachte sie mir. Diese Fürsorge und diese Anteilnahme erstaunten und erfreuten mich über die Maßen, möglicherweise setzten mir aber auch einfach der ganze Tag, der Ausflug und das Fieber furchtbar zu – jedenfalls umarmte ich sie beim Abschied so heiß und innig, als sei sie mein zärtlichster und liebster Freund, worauf natürlich erst recht all die Eindrücke des Tages auf mein geschwächtes Herz einprasselten. An ihre Brust gepresst, wäre ich beinah in Tränen ausgebrochen. Meiner Schelmin entging nicht, wie aufgewühlt ich war, und auch sie schien mir nun ein wenig gerührt zu sein …

«Du bist ein guter Junge», flüsterte sie und sah mich mit sanften Augen an. «Und sei mir bitte nicht böse, ja? Nicht wahr, das bist du doch nicht mehr, oder?»

Kurzum, wir wurden einander die zartesten, treuesten Freunde.

Als ich aufwachte, war es noch sehr früh, aber die Sonne durchflutete mit ihrem hellen Licht bereits das ganze Zimmer. Ich sprang aus dem Bett, völlig gesund und munter, als hätte das gestrige Fieber, an dessen Stelle ich nun eine unsagbare Freude in mir spürte, mich nie geplagt. Als ich mich an den vergangenen Tag erinnerte, wusste ich, dass ich mein ganzes heutiges Glück hergeben würde, könnte ich in dieser Minute jene Blonde unter unseren Schönheiten, meine neue Freundin, wie gestern umarmen. Es war aber wirklich sehr früh, und alle schliefen noch. Nachdem ich mich rasch angezogen hatte, ging ich hinunter in den Garten und von dort aus in den Wald. Ich schlug mich zu einer Stelle durch, wo das Grün dichter und der Duft der Bäume harziger war, wo die Sonnenstrahlen vor Freude, hier und da das dichte Blattwerk durchbohrt zu haben, noch ausgelassener blitzten. Es war ein wunderbarer Morgen.

Ohne es zu bemerken, drang ich tiefer und tiefer in den Wald vor, bis ich schließlich ans andere Ende gelangte, zum Fluss Moskwa. Er strömte zweihundert Schritt vor mir dahin, am anderen Ufer erhob sich ein Berg. Dort wurde Heu geschnitten. Wie gebannt beobachtete ich, wie sich ganze Reihen spitzer Sensen mit jedem Ausholen der Schnitter auf einen Schlag mit Licht vollsogen, nur um gleich darauf zu verschwinden, ganz wie kleine Feuerschlangen, die sich versteckten. Das an der Wurzel gekappte Gras flog in dichten, prallen Büscheln zur Seite und legte sich in geraden, langen Reihen auf dem Boden nieder. Ich erinnere mich nicht mehr, wie viel Zeit ich bereits in diese Betrachtung versunken zugebracht hatte, als ich gleichsam wieder zu mir kam, weil ich im Wald, rund zwanzig Schritt von mir entfernt, auf jenem Pfad, der von der großen Straße zum Herrenhaus führte, das Schnaufen und ungeduldige Stampfen eines Pferdes hörte, das mit seinem Huf die Erde aufscharrte. Ich wüsste nicht zu sagen, ob ich das Pferd eben erst gehört hatte, als der Reiter sein Ziel erreicht und es gezügelt hatte, oder ob ich das Geräusch schon längst vernommen hatte, nur dass es mich bisher umsonst im Ohr gekitzelt und nicht aus meinen Träumen gerissen hatte. Voller Neugier ging ich zurück in den Wald, bis ich nach wenigen Schritten Stimmen hörte, die schnell, aber leise sprachen. Ich näherte mich ihnen, wobei ich behutsam die letzten Zweige der letzten Büsche vor mir beiseiteschob, welche den Pfad säumten, sprang dann aber sofort bestürzt zurück: Ich hatte einen Blick auf ein mir nur zu gut bekanntes weißes Kleid erhascht, und die leise Frauenstimme klang in meinem Herzen wie Musik. Mme. M. Sie stand neben dem noch immer auf dem Pferd sitzenden Reiter, der hastig auf sie einredete und in dem ich zu meiner Verwunderung N. erkannte, also jenen jungen Mann, der uns doch am vergangenen Morgen verlassen und um den sich Monsieur M. so gesorgt hatte. Da es indes geheißen hatte, er müsse bis in den Süden Russlands, wunderte ich mich nun im höchsten Maße, ihn erneut bei uns zu sehen, obendrein zu so früher Stunde und allein mit Mme. M.

Sie war entrückt und aufgeregt, wie ich sie nie zuvor gesehen hatte, gleichzeitig glitzerten auf ihren Wangen Tränen. Der junge Mann hielt ihre Hand und küsste sie, indem er sich vom Sattel hinunterbeugte. Ich hatte sie in der Minute ihres Abschieds ertappt. Anscheinend blieb ihnen kaum Zeit. Er zog ein versiegeltes Schreiben aus seiner Tasche, gab es Mme. M., umarmte sie mit einer Hand, wobei er nach wie vor nicht vom Pferd absaß, und gab ihr einen langen und innigen Kuss. Danach trieb er sein Pferd mit einem Peitschenschlag an und flog wie ein Pfeil an mir vorbei. Mme. M. sah ihm noch einige Sekunden lang nach, ehe sie nachdenklich und traurig zum Haus zurückkehrte. Nach wenigen Schritten auf dem Pfad schien sie plötzlich wie aus tiefem Schlaf zu erwachen, denn sie bog die Büsche auseinander und ging wieder in den Wald.

Nach allem, was ich eben gesehen hatte, völlig verwirrt und erstaunt, folgte ich ihr. Mein Herz schlug, als hätte ich mich furchtbar erschrocken. Ich war wie benommen, wie benebelt. Mein ganzes Denken war in Brüche gegangen, und überall lagen einzelne Gedankensplitter. Allerdings erinnere ich mich noch, dass mir aus irgendeinem Grund schrecklich traurig zumute war. Immer wieder blitzte im Grün ihr weißes Kleid vor mir auf. Wie hypnotisiert folgte ich ihr, ließ sie nicht aus den Augen, bibberte dabei jedoch vor Angst, sie könnte mich entdecken. Schließlich erreichte sie die Straße, die zum Garten führte. Nachdem ich eine halbe Minute gewartet hatte, trat auch ich aus dem Wald. Wer vermag sich nun meine Bestürzung vorzustellen, als ich mit einem Mal im roten Sand des Weges ein versiegeltes Schreiben bemerkte, das ich auf den ersten Blick wiedererkannte – ebenjenes Schreiben, das Mme. M. vor zehn Minuten erhalten hatte.

Ich hob es auf: blütenweißes Papier, ohne jeglichen Namenszug. Auf den ersten Blick glaubte ich, es sei bloß ein kurzer Brief, dann aber merkte ich, wie prall und schwer er war, als enthalte er doch mindestens drei Seiten.

«Was bedeutet dieses Schreiben?», das frage ich mich noch heute. Ohne Zweifel dürfte es Licht in das Dunkel bringen. Vielleicht hat N. in ihm ausgesprochen, wovor er sich bei der letzten gehetzten Begegnung mit Mme. M. gedrückt hatte, vermutlich eben aus Mangel an Zeit. Er war ja nicht einmal vom Pferd abgestiegen … Ob er es tatsächlich eilig hatte oder fürchtete, sich in der Stunde des Abschieds zu vergessen, das weiß nur Gott allein …

Jedenfalls folgte ich Mme. M. nicht weiter, sondern warf das Schreiben an eine gut sichtbare Stelle und ließ es nicht aus den Augen, nahm ich doch an, sie würde den Verlust bemerken, zurückkommen und den Brief suchen. Nach gut vier Minuten hielt ich diese Warterei allerdings nicht länger aus, sodass ich meinen Fund erneut aufhob, ihn in die Tasche steckte und mich daranmachte, Mme. M. einzuholen. Als ich sie dann endlich vor mir sah, hatte sie bereits die große Allee erreicht: Sie lief mit schnellen und ungeduldigen Schritten geradewegs auf das Haus zu, wenn auch in Gedanken versunken und den Blick zu Boden gerichtet. Ich wusste nicht, was ich tun sollte. Sie ansprechen und ihr den Brief geben? Dann hätte ich ihr ja auch gleich sagen können, dass ich alles wusste, alles beobachtet hatte. Ganz gewiss hätte ich mich nämlich bereits beim ersten Wort verplappert. Wie wollte ich ihr dann noch in die Augen sehen? Und wie würde sie mich dann ansehen …? Deshalb hoffte ich noch immer darauf, sie möge aus ihren Gedanken auftauchen, den verlorenen Brief suchen und ihre eigenen Spuren ablaufen. Dann hätte ich das Schreiben unbemerkt auf dem Weg platzieren können, sodass sie es bestimmt gefunden hätte. Aber nein! Wir näherten uns beide immer weiter dem Haus, sie bemerkte man bereits …

Ausgerechnet an diesem Morgen waren fast alle viel früher als sonst aufgestanden, weil noch gestern, nach dem missglückten Ausflug, ein neuer geplant worden war, von dem ich allerdings nichts wusste. Inzwischen bereitete man den Aufbruch vor und frühstückte auf der Terrasse. Ich wartete zehn Minuten, damit man mich nicht zusammen mit Mme. M. sah, umrundete obendrein auch noch den Garten und näherte mich deutlich nach ihr dem Haus von einer anderen Seite. Sie lief auf der Terrasse auf und ab, kreidebleich und verstört, die Hände vor der Brust verschränkt, riss sich aber ganz offenbar zusammen und suchte den quälenden, verzweifelten Schmerz zu unterdrücken, der gleichwohl so klar an ihren Augen, ihren Schritten und an jeder einzelnen ihrer Bewegungen abzulesen war. Immer wieder ging sie die Stufen hinunter und eilte an den Büschen vorbei ein paar Schritte in Richtung Garten. Ihre Augen suchten den Sand der Wege und die Terrasse fiebrig, ja geradezu unvorsichtig ab. Es konnte keinen Zweifel mehr geben: Sie hatte den Verlust bemerkt und dachte nun wohl, sie habe den Brief irgendwo hier, in der Nähe des Hauses, verloren – o ja, ganz genau so musste es sein, davon war sie ohne Frage fest überzeugt!

Irgendwann bemerkte jemand – und nach ihm auch andere –, dass Mme. M. kreidebleich und verstört war. Von allen Seiten bestürmte man sie daraufhin mit Fragen nach ihrem Wohlbefinden und bekundete ihr, sehr zu ihrem Verdruss, Mitleid. Zur Beruhigung aller war sie gezwungen, zu lachen, zu scherzen und sich fröhlich zu geben. Jedes Mal, wenn sie zu ihrem Mann hinüberblickte, der am Ende der Terrasse stand und sich mit zwei Damen unterhielt, erfasste die Arme aber trotzdem wieder jenes Zittern, jene Verlegenheit vom Abend seiner Ankunft. Mit in der Tasche versenkter Hand, den Brief fest umklammernd, wartete ich abseits von allen und flehte das Schicksal an, Mme. M. möge mich bemerken. Ich wollte sie aufmuntern und beruhigen, wenigstens mit einem Blick, wollte ihr im Vorbeihuschen heimlich etwas zuflüstern. Doch als sie mich endlich zufällig ansah, erschauderte ich bloß und senkte den Blick.

Sie quälte sich, da hatte ich mich nicht getäuscht. Selbst heute kenne ich ihr Geheimnis nicht, weiß darüber nicht mehr als das, was ich damals mit eigenen Augen gesehen habe und nun erzähle. Vielleicht war ja die Beziehung zu N. gar nicht der Art, wie man auf den ersten Blick annehmen mag. Oder es handelte sich um einen allerletzten Abschiedskuss, einen letzten, einen schwachen Trost für das Opfer, das ihrem Seelenfrieden und ihrer Ehre gebracht werden musste. N. war weggeritten, hatte sie womöglich für immer verlassen. Ja selbst jener Brief, den ich damals in Händen hielt – wer weiß denn, was in ihm stand? Wie sollte man hier urteilen, wen verurteilen? Im Übrigen – und daran besteht nicht der geringste Zweifel für mich – wäre es für sie der größte Schreck, geradezu ein Donnerschlag gewesen, wenn ihr Geheimnis so unvermittelt aufgedeckt worden wäre. Ich erinnere mich noch genau, wie ihr Gesicht in diesem Moment aussah: Größeres Leid konnte es nicht geben. Zu ahnen, zu wissen, überzeugt zu sein, wie auf das eigene Todesurteil darauf zu warten, dass ihr Geheimnis schon in der nächsten Viertelstunde, schon in der nächsten Minute entdeckt werden könnte, dass jemand den Brief fände und aufhöbe … Er war ja nicht adressiert, also durfte man ihn öffnen – und dann … Was käme dann? Welches Urteil konnte grausamer sein als das, welches sie jetzt erwartete? Zwischen ihren künftigen Richtern lief sie umher. Im nächsten Augenblick würden sich deren lächelnde, schmeichlerische Mienen in drohende und unerbittliche Masken verwandeln. Dann würde Mme. M. einzig Hohn, Feindseligkeit und eisige Verachtung in diesen Gesichtern lesen, und schließlich würde ewige, finstere Nacht über ihr Leben hereinbrechen … Sicher, damals begriff ich all das nicht in der Weise wie heute. Damals konnte ich nur vermuten und ahnen und mit ganzem Herzen bangen, weil sie sich in einer Gefahr befand, die ich noch nicht einmal zur Gänze durchschaute. Doch worin auch immer ihr Geheimnis bestanden haben mochte – mit jenen schmerzerfüllten Minuten, deren Zeuge ich geworden war und die ich niemals vergessen werde, war viel gesühnt, falls es denn überhaupt etwas zu sühnen gab …

Da erklang auch schon ein munterer Ruf zum Aufbruch. Alle schwirrten fröhlich durcheinander, von überallher war aufgeregtes Murmeln und Gelächter zu hören. Binnen zwei Minuten hatte sich die Terrasse geleert. Mme. M. verzichtete auf den Ausflug und räumte auch endlich ein, sich nicht wohlzufühlen. Gott sei

Dank waren aber alle viel zu beschäftigt, hatten es viel zu eilig, als dass sie noch Zeit gefunden hätten, sie mit Mitleidsbekundungen, Nachfragen oder Ratschlägen zu bestürmen. Es blieben nur wenige Gäste zu Hause. Ihr Mann sprach kurz mit ihr, und sie versicherte, ihre Unpässlichkeit werde im Laufe des Tages gewiss verfliegen, weshalb er sich keine Sorgen zu machen brauche. Es bestehe ja nicht einmal ein Grund, dass sie sich hinlege, vielmehr wolle sie durch den Garten spazieren, allein … Nein, mit mir … Und daraufhin sah sie mich an. Es hätte sich nicht glücklicher fügen können! Vor lauter Freude lief ich sogar rot an. Schon kurz darauf waren wir unterwegs.

Sie wanderte alle Alleen, Straßen und Pfade ab, über die sie vorhin aus dem Wald zum Haus zurückgekehrt war, sich instinktiv an ihre Route erinnernd, und starrte die ganze Zeit nach unten, hielt ununterbrochen Ausschau, antwortete mir nie mit auch nur einem einzigen Wort und hatte womöglich ganz vergessen, dass ich mich überhaupt in ihrer Gesellschaft befand.

Als wir dann fast die Stelle erreicht hatten, an der ich den Brief aufgehoben hatte und der kleine Weg endete, blieb Mme. M. abrupt stehen und sagte mit schwacher, vor Schmerz brechender Stimme, sie fühle sich schlechter und wolle umkehren. Am Gitter des Gartenzauns hielt sie allerdings erneut inne und dachte kurz nach. Ein verzweifeltes Lächeln legte sich auf ihre Lippen, mit dem sie dann völlig erschöpft und gemartert, aber doch zu allem entschlossen und ihr Schicksal auf sich nehmend, wortlos noch einmal kehrtmachte, diesmal sogar, ohne mich vorab zu warnen …

Der Schmerz zerriss mich förmlich, denn ich wusste beim besten Willen nicht, was ich tun sollte.

Wir gingen, oder besser gesagt, ich lenkte ihre Schritte zu der Stelle, an der ich vor einer Stunde auf das Stampfen des Pferdes und ihrer beider Gespräch gelauscht hatte. Hier, in der Nähe einer dicken Ulme, stand eine Bank, die in einem Stück aus einem riesigen Stein gehauen war und über die Efeu rankte, während um sie herum Feldjasmin und Heckenrosen wuchsen. (Dieses ganze Waldstück war mit kleinen Brücken, Pavillons, Grotten und ähnlichen Überraschungen geradezu gespickt.) Mme. M. setzte sich auf die Bank und blickte geistesabwesend in die wunderbare Landschaft, die sich vor uns ausbreitete. Nach etwa einer Minute klappte sie ihr Buch auf und stierte darauf, blätterte indes nicht eine Seite um, las nicht eine Zeile, ja sie bekam überhaupt kaum mit, was sie tat. Es war bereits halb zehn. Die Sonne war inzwischen hoch aufgestiegen, sodass sie nun prunkvoll am blauen Himmel über uns dahinzog und es schien, als wollte sie in ihrem eigenen Feuer schmelzen. Die Schnitter waren längst weitergewandert und von unserer Uferseite aus kaum noch auszumachen. Ihnen krochen endlose Reihen gemähten Grases hinterher, und zuweilen trug eine sanfte Brise seinen duftigen Geruch zu uns heran. Um uns herum gaben all diejenigen, die nicht säen und nicht ernten, sondern frei sind wie die Luft, auf die sie mit ihren eifrigen Flügeln einschlagen, unermüdlich ein Konzert. Es schien, als spende in diesem Augenblick jede Blume, ja noch der letzte Grashalm der Luft ein sakrales Aroma und rufe seinem Schöpfer zu: «Vater im Himmel! Ich bin selig und glücklich!»

Ich linste zu der armen Frau, die sich inmitten all dieses fröhlichen Lebens einsam wie eine Tote ausnahm: An ihren Wimpern hingen reglos zwei große Tränen, die der bittere Kummer ihr aus dem Herzen geschnitten hatte. Es stand in meiner Macht, dieses arme, tote Herz zu beleben und zu beglücken, nur wusste ich nicht, wie ich es anstellen, wie ich den ersten Schritt tun sollte. So litt denn auch ich. Hundertmal wollte ich mich an sie wenden, doch jedes Mal hielt mich ein unbezwingbares Gefühl zurück, jedes Mal versengte einzig Feuer mein Gesicht.

Der rettende Gedanke kam unvermittelt. Endlich wusste ich einen Weg. Ich war zu neuem Leben erweckt.

«Sie möchten doch sicher, dass ich Ihnen ein paar Blumen pflücke!», sagte ich mit derart fröhlicher Stimme, dass Mme. M. den Kopf hochriss und mich durchdringend ansah.

«Aber ja», sagte sie schließlich mit kaum hörbarer Stimme, rang sich ein Lächeln ab und heftete den Blick sofort wieder auf das Buch.

«Bestimmt mähen sie bald auch hier das Gras, und dann gibt es keine Blumen mehr!», rief ich, während ich mich munter ans Werk machte.

Schon nach kurzer Zeit hatte ich einen einfachen und armseligen Strauß zusammen. Dieser hätte freilich noch jedem Raum Schande gemacht. Trotzdem hatte mein

Herz munter geschlagen, als ich ihn gepflückt und angeordnet hatte! Die Heckenrosen und den Feldjasmin hatte ich gleich hier bei der Bank gefunden. In der Nähe, das wusste ich, gab es jedoch einen Acker mit reifem Roggen. Zu ihm rannte ich nun, um mir Kornblumen zu besorgen. Diesen gesellte ich lange Roggenähren zu, jedoch nur richtig goldene und sehr dicke. Gleich darauf stieß ich in der Nähe auf ein ganzes Nest von Vergissmeinnicht, sodass mein Strauß langsam anwuchs. Weiter hinten im Feld entdeckte ich blaue Glockenblumen und Waldnelken, danach lief ich für gelbe Seerosen eigens zum Fluss hinunter. Als ich auf dem Rückweg noch einen Abstecher in den Wald machte, um mir einige der saftgrünen fingerförmigen Ahornblätter zu holen und meinen Strauß mit ihnen zu rahmen, fiel mein Blick rein zufällig auf eine ganze Traube von Stiefmütterchen und in deren Nähe zu meinem Glück auch noch auf von Tautropfen funkelnde Veilchen, die sich zwar im saftigen, dichten Gras verstecken wollten, deren Duft sie jedoch verriet. Damit war der Strauß fertig. Ich band ihn mit einer Kordel zusammen, die ich aus mehreren langen Grashalmen gedreht hatte, steckte den Brief vorsichtig zwischen die Blumen und zog diese davor – aber doch nur so weit, dass er ganz leicht zu entdecken wäre, wenn man meinem Strauß auch nur die kleinste Aufmerksamkeit schenkte.

Daraufhin machte ich mich auf den Weg zurück zu Mme. M.

Unterwegs meinte ich, der Brief sei doch zu deutlich

zu sehen, sodass ich ihn noch weiter versteckte. Je näher ich der Bank kam, desto tiefer schob ich ihn in die Blumen, und schließlich, als ich mein Ziel schon fast erreicht hatte, stopfte ich ihn so weit in meinen Strauß hinein, dass er nirgends mehr hervorlugte. Auf meinen Wangen loderte ein ganzes Flammenmeer. Am liebsten hätte ich das Gesicht hinter meinen Händen versteckt und Hals über Kopf Reißaus genommen, doch Mme. M. hatte für meine Blumen eh nur einen flüchtigen Blick übrig, als hätte sie ganz vergessen, dass ich weggegangen war, um sie für sie zu pflücken. Geistesabwesend und fast ohne hinzusehen, streckte sie die Hand aus, nahm mein Geschenk an sich, legte es dann jedoch so schnell neben sich auf die Bank, als hätte ich ihr die Blumen eigens dafür gegeben, und heftete den Blick umgehend wieder auf ihr Buch, ganz ohne Frage völlig in Gedanken versunken. Diese Niederlage trieb mir fast die Tränen in die Augen. «Nein, Hauptsache, sie hat den Strauß», dachte ich dann. «Hauptsache, sie vergisst ihn nachher nicht!» Daraufhin streckte ich mich in der Nähe im Gras aus, schob die rechte Hand unter den Kopf und schloss die Augen, als hätte Schlaf mich übermannt. Insgeheim ließ ich sie jedoch nicht aus den Augen und wartete …

Es vergingen zehn Minuten. Mir schien, sie würde nur immer noch blasser … Mit einem Mal kam mir ein glücklicher Zufall zu Hilfe.

Es war dies eine große goldene Biene, die ein freundlicher Wind zu meinem Glück herangetragen hatte. Sie summte kurz über meinem Kopf und flog anschließend weiter zu Mme. M. Diese verscheuchte sie ein ums andere Mal mit einer entschlossenen Handbewegung, doch die Biene wurde dadurch wie zum Trotz nur noch aufdringlicher. Schließlich griff Mme. M. nach meinem Strauß und fuchtelte mit ihm vor sich herum. In diesem Augenblick bahnte sich der Brief seinen Weg durch die Blumen hindurch und fiel in das aufgeschlagene Buch. Ich erschauderte. Eine Weile starrte Mme. M. stumm vor Verwunderung bald auf den Brief, bald auf die Blumen, die sie in Händen hielt, und es schien, sie traute ihren Augen nicht … Dann errötete sie plötzlich, flammte geradezu auf und lugte zu mir herüber. Damit hatte ich jedoch gerechnet, sodass ich meine Augen wieder fest geschlossen hielt und vorgab zu schlafen. Um nichts in der Welt hätte ich ihr jetzt offen ins Gesicht sehen wollen. Mein Herz stockte und schlug zugleich fast wie ein kleiner Vogel mit seinen Flügeln, der einem lockenköpfigen Bauernlümmel in die Hände gefallen ist. Ich erinnere mich nicht mehr, wie lange ich so mit geschlossenen Augen dalag. Zwei, drei Minuten bestimmt. Schließlich wagte ich es, meine Augen einen Spalt zu öffnen. Mme. M. verschlang den Brief geradezu, und ihre glühenden Wangen, ihr tränenglitzernder Blick und ihr strahlendes Gesicht, in dem jeder noch so zarte Zug vor Freude zitterte, verrieten mir, dass dieser Brief Glück für sie enthielt und ihr ganzer Schmerz abgezogen war wie Rauch. Mein Herz erfüllte daraufhin ein derart peinigend süßes Gefühl, dass ich es kaum noch fertigbrachte, mich schlafend zu stellen …

Niemals werde ich diese Minute vergessen!

Mit einem Mal ließen sich, noch aus einiger Ferne, Stimmen vernehmen: «Madame M...! Natalie ...! Natalie!»

Mme. M. antwortete nicht, erhob sich jedoch rasch von der Bank, trat an mich heran und beugte sich über mich. Ich spürte, wie sie mir offen ins Gesicht sah. Meine Wimpern flatterten, aber ich schaffte es doch, die Augen nicht aufzuschlagen. Mit allen Kräften versuchte ich, gleichmäßig und ruhig zu atmen, auch wenn mein Herz mich mit seinen wilden Schlägen zu ersticken trachtete. Ihr heißer Atem strömte über meine Wangen. Sie beugte sich tiefer und tiefer zu meinem Gesicht herunter, als erforsche sie es. Schließlich tröpfelten Tränen und ein Kuss auf meine Hand, auf die, die auf meiner Brust lag. Zweimal küsste Mme. M. sie.

«Natalie! Natalie! Wo bist du?», erklang es da erneut, diesmal schon wesentlich näher.

«Ich komme gleich!», rief Mme. M. mit ihrer festen, melodischen, nun jedoch erstickten, tränenzitternden Stimme und so leise, dass nur ich allein sie hören konnte. «Ich komme ja gleich!»

In diesem Moment verriet mein Herz mich jedoch endgültig, und mir schien, es schickte mir all sein Blut ins Gesicht. Obendrein verbrannte mir ein flüchtiger, heißer Kuss die Lippen. Ich schrie leise auf, öffnete die Augen, aber da segelte das Gazetuch von gestern auf sie herab – als habe Mme. M. mich damit gegen die Sonne schützen wollen. Bereits in der nächsten Sekunde war sie verschwunden. Da hörte ich nur noch das Rascheln der sich eilig entfernenden Schritte. Ich war allein.

Ich riss ihr Halstuch von meinem Gesicht, küsste es und wusste in meiner Freude nicht, wie mir geschah. Die nächsten Minuten war ich wie närrisch! Kaum dass ich wieder zu Atem gekommen war und mich im Gras auf die Ellbogen hochgestemmt hatte, schickte ich, der ich ansonsten völlig reglos verharrte, meinen Blick unbewusst auf eine Reise hin zu den benachbarten Hügeln mit ihren buntscheckigen Feldern, hin zum Fluss, der sie rahmte, um sich dann in so weiter Ferne, dass man es kaum noch erkennen konnte, zwischen anderen Hügeln und Dörfern, die nur winzige Punkte in der lichtdurchfluteten Ebene bildeten, hindurchzuschlängeln, schickte den Blick danach weiter auf die Reise, hin zu blauen, kaum noch auszumachenden Wäldern, die am Rand des glühenden Himmels fast zu dampfen schienen, und da endlich wehte jene feierliche Stille der Landschaft um mich herum eine süße Ruhe zu mir heran, die auch in mein aufgeregtes Herz Frieden einziehen ließ. Mir wurde leichter zumute, und ich atmete freier … In meinem Innern jedoch wütete gleich einer Vorahnung, gleich einem Vorgefühl eine ebenso taube wie süße Qual. Etwas regte sich, noch ebenso scheu wie süß, in meinem erschrockenen, vor Erwartung leicht bebenden Herzen … Und mit einem Mal hob und senkte sich meine Brust und schmerzte, als würde sie durchbohrt, und Tränen, süße Tränen, schossen mir aus den Augen. Ich verbarg mein Gesicht in den Händen, und am ganzen Körper zitternd wie Espenlaub, überließ ich mich unwillkürlich dem ersten Erkennen, dem ersten Sichöffnen meines Herzens, der ersten, noch vagen Ahnung meiner Natur … In diesem Augenblick endete meine erste Kindheit …

Als ich zwei Stunden später ins Haus zurückkehrte, sollte ich Mme. M. schon nicht mehr antreffen: Sie war mit ihrem Mann nach Moskau abgereist, wegen irgendeines unerwarteten Vorfalls. Ich sollte sie nie wiedersehen.

Anmerkungen

Roman in neun Briefen

Diese Erzählung schrieb Dostojewski 1845, in einer einzigen Nacht, für eine humoristische Zeitschrift, die dann jedoch von der Zensur verboten wurde, sodass es erst 1847 zu einer Veröffentlichung kam. Bei einer Lesung im Kreise von I. S. Turgenjew (1818–1883), W. G. Belinski (1811–1848) und anderen machte er mit dem noch unveröffentlichten Text «Furore», wie er in einem Brief an seinen Bruder festhält. Vor allem Belinski lobte ihn und bescheinigte ihm, was auch Dostojewskis erklärtes Ziel war: seine künstlerische Bandbreite unter Beweis zu stellen. Dies galt umso mehr zum Zeitpunkt der Publikation, als die *Armen Leute* bereits allenthalben in literarischen Kreisen diskutiert wurden und Dostojewski sehr daran gelegen war, nicht in eine bestimmte Schublade gesteckt zu werden; gerade da stieß die Erzählung allerdings nicht mehr auf wohlwollende Kritik, auch bei Belinski nicht. Schon allein der Titel der Erzählung darf als Antwort auf den Briefroman *Arme Leute* verstanden werden, ist darüber hinaus aber auch doppeldeutig und mit weiteren literarischen Referenzen aufgeladen: Zum einen referiert *«roman»* im Russ. neben der literarischen Form auf eine «Liebesbeziehung» (die ja am Ende auch erwähnt wird), zum anderen nahm Dostojewski damit auf bekannte Werke seiner Zeit Bezug, vor allem den *Roman in sieben Briefen* A. A. Bestuschews (1797–1837), eine sentimentale Liebesgeschichte, die heute selbst in Russland weitgehend in Vergessenheit geraten ist; ihr setzte Dostojewski die an N. W. Gogol (1809–1852) geschulte (vor allem am Fragment *Die Spieler*) derbe Geschichte der betrogenen Betrüger entgegen.

1 Es handelt sich hier um eine verkürzte Form des Vaternamens, Iwanytsch statt Iwanowitsch. Sie findet sich auch bei anderen Figuren (Alexejitsch, Andrejitsch) und deutet auf ein familiär-vertrautes, manchmal auch plump vertrauliches Verhältnis zwischen Sprecher und Angesprochenem hin; hier dient sie außerdem der Zeichnung der Figuren als schlitzohrige Charaktere.

2 Patschuli und Reseda sind stark duftende Pflanzen.

3 Auf Initiative von Kaiserin Jelisabeta Petrowna (1709–1762) 1756 erbautes Theater, das 1832 zu Ehren der Gattin Nikolaus' I. in Alexandra-Theater umbenannt wurde; dort fanden zahlreiche Uraufführungen statt, die hier erwähnte Komödie Gribojedows, *Verstand schafft Leiden*, wurde 1831 erstmals vollständig in diesem Theater aufgeführt und gehörte in den 1840er-Jahren fest zum Repertoire.

4 Dostojewski überträgt die poln. Floskel *Podam do nóg* lediglich mit Kyrilliza ins Russ. – mit entsprechend komischem Effekt.

5 Gemeint sind leibeigene Bauern.

6 Dieses Papiergeld war von 1769 bis 1849 in Umlauf, parallel zum Münzgeld.

7 Die hier und im Folgenden genannten Daten stimmen an keiner Stelle – warum auch immer.

8 1648 auf Befehl Alexej Michailowitschs (1629–1676) als Festung Sinbirsk gegründet, von 1780 an als Stadt Simbirsk bekannt, heute Uljanowsk; Stadt an der Wolga, über 1000 km von St. Petersburg entfernt.

9 Die Übersetzung folgt in der Schreibung von «Petersburg» statt «Sankt Petersburg» dem russ. Original.

10 Anspielung auf Shakespeares (1564–1616) *Romeo und Julia*, dort heißt es (in der Schlegel/Tieck-Übersetzung): «O Schlangenherz, von Blumen überdeckt.» Dostojewski schätzte Shakespeare sehr und zitiert in seinen Texten häufig dessen Stücke. Das hier gebrauchte Zitat taucht beispielsweise in ebenfalls leicht abgewandelter Form auch in *Der Idiot* auf.

11 Zarskoje Selo, das heutige Puschkin, liegt nahe bei St. Petersburg; 1838 wurde die erste Eisenbahnverbindung Russlands zwischen ebendiesen beiden Städten in Betrieb genommen.

Für die 1876 entstandene Erzählung gibt es mehrere reale Bezugspunkte: Den Selbstmord von A.I. Herzens (1812–1870) 17-jähriger Tochter Jelisabeta im Dezember 1875 und den Tod einer jungen Näherin, die mit einer Ikone in der Hand aus dem Fenster sprang; beide Fälle hat Dostojewski im Oktober 1876 in dem Feuilleton «Zwei Selbstmorde» in seinem *Tagebuch eines Schriftstellers* aufgegriffen. Hinzu kam bei der Literarisierung des Stoffs noch eine dritte reale Begebenheit, bei der ein aus der Armee entlassener Mann eine 16-Jährige heiratete, die später einen Selbstmordversuch beging.

Dostojewski hat das Manuskript wiederholt überarbeitet, bevor er es dann in zwei Teilen als eigenständiges literarisches Werk im November im *Tagebuch eines Schriftstellers* veröffentlichte, jener zunächst in einer Zeitung, dann eigenständig publizierten Sammlung meist journalistisch geprägter Texte. Ihm kam es vor allem darauf an, einen angemessenen Ton für den inneren Monolog zu finden. Das Werk wurde sehr gut aufgenommen, seine «psychologische Überzeugungskraft» gewürdigt. Die Erzählung ist bis in die Gegenwart hinein immer wieder verfilmt oder im Theater inszeniert worden.

1 In seinem zunächst 1829 anonym, 1832 dann unter eigenem Namen veröffentlichten Roman *Le dernier jour d'un condamné* bezieht der frz. Schriftsteller Victor Hugo (1802–1885) unmissverständlich Position gegen die Todesstrafe. Protagonist ist ein zum Tode verurteilter Mann (seinen Namen erfährt man nicht), der in den Tagen vor seiner Hinrichtung seine Gedanken, Empfindungen, Erinnerungen und Ängste sowie seine Beobachtungen des Gefängnislebens niederschreibt. Dostojewski hat Hugos Werke früh kennengelernt und immer wieder betont, welchen Einfluss sie auf ihn hatten. *Der letzte Tag eines Verurteilten* beschäftigte ihn während seiner Verhaftung und Verurteilung sehr; außer in der vorliegenden Erzählung hat er das Werk Hugos noch im *Idioten* aufgegriffen.

2 Das Kartenspiel L'hombre (auch Lomber) war vor allem im 17. und 18. Jh. populär, hatte zu Dostojewskis Zeit seine Blüte also bereits

hinter sich; es wurden eigens kunstvoll gestaltete Tische dafür entwickelt.

3 Ein weiches, starkfädiges Seidengewebe.

4 Solche Stellengesuche waren in der *Stimme (Golos)* und anderen Presseerzeugnissen durchaus üblich, auch wenn es eigentlich politische oder literarische Zeitungen waren. *Golos* erschien von 1863 bis 1884 und wurde von A. A. Krajewski (1810–1889) herausgegeben. Über Zeitung und Herausgeber spottete Dostojewski immer wieder, obgleich er *Golos* regelmäßig las.

5 Dostojewski hielt Gogol für einen großen Lehrer aller Russen und insbesondere aller russ. Schriftsteller und attestierte ihm eine geradezu übermächtige Kraft des Lachens. Gleichzeitig wollte er ihn auf keinen Fall kopieren, hat immer wieder über Epigonen gespottet, aber auch über Gogol selbst, der ein «gigantisches Genie ist, aber eben auch dumm wie ein Genie».

6 Eine traditionelle kurze Jacke ohne Ärmel und Kragen, die mit Bändern über der Schulter gehalten wird.

7 Der Name könnte auf das Ehepaar Moser zurückgehen, bei dem Dostojewski 1875 in Ems Quartier genommen hatte.

8 Als Einfassung wird das Gold- oder Silberblech bezeichnet, mit dem das bemalte Holz beschlagen wird, wobei nur einzelne Partien der Darstellung ausgespart werden und damit sichtbar bleiben.

9 Mit Einführung der Rangtabelle 1722 unter Peter I. sollte auch die Vormachtstellung des Erbadels unterwandert werden, dem nun der Dienstadel an die Seite gestellt wurde; gesellschaftlich galt der Erbadel freilich noch lange Zeit deutlich mehr.

10 So im Original.

11 Ein unsauberes Zitat aus A. S. Puschkins (1799–1837) Gedicht *Dämon*, hier der Übersetzung Johannes von Günthers nachgebildet.

12 Ein unsauberes Zitat aus M. J. Lermontows (1814–1841) Gedicht *O trau dir, trau dir, junger Schwärmer, nicht und flieh*, hier der Übersetzung Barbara Heitkams nachgebildet.

13 Ein Stück von P. I. Jurkewitsch (Geburtsdatum unbekannt, gest. 1884).

14 Dies ist der alte, heute unübliche Titel der Operette *La Périchole*

von Jacques Offenbach (1819–1880); auch im Russ. steht ein übersetzter, heute nicht mehr gebräuchlicher Titel *(Ptizy pewtschie)*.

15 John Stuart Mill (1806–1873), verheiratet mit der Frauenrechtlerin Harriet Taylor Mill (1807–1858) und von dieser vermutlich beeinflusst, machte sich für das Wahlrecht von Frauen stark. Sein feministisches Hauptwerk *Die Hörigkeit der Frau (The Subjection of Women)* spricht sich gegen eine biologistische Sicht auf die Geschlechter aus, betont, dass etwaige Unterschiede einzig durch die Sozialisation bedingt seien, und vertritt ein egalitäres Gesellschaftsmodell.

16 Die Bezirke um den Heumarkt *(Sennaja ploschtschad)* waren traditionelle Armenviertel. Einen Abschnitt in der Nähe des Flusses Fontanka nannte man Wjasemski-Kloster, es war eines der elendsten Viertel. Dostojewski hat es auch in *Schuld und Sühne* beschrieben.

17 Zu Dostojewskis Zeit nahm man in St. Petersburg seine Hauptmahlzeit zwischen 17 und 18 Uhr ein.

18 Der doppelte Rahmen diente der besseren Isolierung im Winter. Er wurde vor die eigentlichen Fenster gesetzt, zwischen beide Rahmen wurde Watte oder Salz gegeben, damit die Feuchtigkeit aufgesogen wurde. Noch im 20. Jh. wurden Fenster im Winter häufig mit Zeitungspapier abgeklebt, um für eine bessere Abdichtung zu sorgen.

19 Berühmter Schelmenroman des frz. Autors Alain-René Lesage (1668–1747); der vollständige Titel lautet *Histoire de Gil Blas de Santillane* (4 Bd., 1715–1735).

20 Bezeichnung für einen russ. Recken, der vielfach in russ. Heldenliedern *(Bylinen)* figuriert; bildlich ist er vor allem aus W.M. Wasnezows (1848–1926) Gemälde *Die drei Bogatyre* bekannt.

21 Das Motiv der Sonne als Tote oder als todbringend ist der biblischen Offenbarung des Johannes (Apokalypse) entnommen.

22 Eine Paraphrase der Gebote Jesu im Johannes-Evangelium.

Ein kleiner Held

Diese Erzählung wurde 1857 veröffentlicht, geschrieben hatte Dostojewski sie aber bereits im April 1849, während er in der Peter-und-Paul-Festung seine Haft verbüßte und auf sein Todesurteil wartete; er war als Angehöriger des gegen die Leibeigenschaft und zaristischen Despotismus auftretenden Petraschewzen-Kreises angeklagt, das Urteil wurde dann in Verbannung umgewandelt. Diese Gruppe durfte in den ersten vier Monaten nur Texte lesen und schreiben, in denen es um prozessrelevante Fragen ging. Das Verbot wurde später aufgehoben, mitunter erhielten die Angeklagten abends auch Kerzen; damals ließ ihm sein Bruder Michail die Werke Shakespeares zukommen. Die Erzählung ragt nicht unbedingt vom Sujet (man denke vor allem an die kurz zuvor entstandene Erzählung *Netotschka Neswanowa*), wohl aber von ihrem hellen Ton und den Naturschilderungen her – Dostojewski wurde wiederholt vorgeworfen, der Natur gegenüber gleichgültig zu sein – singulär aus dem Gesamtwerk heraus. Ursprünglich trug der Text den Titel «Kindermärchen», das Manuskript erhielt sein Bruder Michail, bevor Dostojewski nach Sibirien geschickt wurde. Von dort aus erkundigte sich der Verbannte, sobald er schreiben durfte, bei seinem Bruder immer wieder nach dem Text. Dieser sollte veröffentlicht werden. Dostojewski hoffte eigentlich, dass zunächst neue Werke erscheinen würden. Entscheidend war jedoch, einen Präzedenzfall zu schaffen und überhaupt wieder als Schriftsteller arbeiten zu können. Bei der Erstveröffentlichung in einer Zeitschrift änderte dann A. A. Krajewski (vgl. Anm. 4 zu *Die Sanftmütige*) den Titel und nannte den Namen des Autors nicht, sodass die berufliche Rehabilitation weiter hinausgezögert wurde. Nach dieser Erstveröffentlichung nahm Dostojewski Änderungen vor, strich vor allem den Anfang, in dem sich ein Erzähler zu Wort meldet, behielt den neuen Titel jedoch bei. Die Schilderungen auf dem Landgut sind von Dostojewskis Erinnerungen an seine Kindheit auf dem Familiengut Darowoje geprägt, wo er damals stets den Sommer verbrachte (lokal zusätzlich vom Anwesen seiner Verwandten in Fili bei Moskau); diese Rückbesinnung auf vergangene Tage half ihm nach eigenem Bekunden, der Dunkelheit des Gefängnisses etwas entgegenzusetzen und nicht innerlich an der Haftsituation zu zerbrechen.

1 Die *Tableaux vivants* («lebende Bilder») stellen eine im 18. Jh. aufgekommene Spielart der Pantomime dar, bei der Werke aus Malerei und Plastik von einer Gruppe oder einer Einzelperson nachgestellt werden.

2 In den 1830er- bis 1840er-Jahren erfreute sich Spanien als Thema in der russ. Romantik großer Beliebtheit. Teilweise wird vermutet, Dostojewski spiele hier auf damals entstandene russ. Gedichte mit Titeln wie *Serenade* an, wahrscheinlicher ist jedoch die Hypothese, er beziehe sich auf Alfred de Mussets Gedicht *Die Andalusierin*, das als Romanze sehr populär war; für Letzteres spräche vor allem die fünfte Strophe, die hier fast im Wortlaut paraphrasiert wird.

3 Die Komödien und Vaudevilles des Franzosen Eugène Scribe (1791–1861) waren in den 1840er-Jahren in Russland sehr populär, mehr als hundert seiner Komödien sind ins Russ. übersetzt worden.

4 Der erste Orden der Barmherzigen Schwestern in St. Petersburg wurde 1844 gegründet und blieb zunächst relativ unbeachtet; 1848 berichteten jedoch mehrere Zeitungsartikel über dessen Aktivitäten.

5 Figur aus russ. Märchen, die sich in allerlei Tiere verwandeln kann, aber auch als Mensch in unterschiedlicher Gestalt auftritt. Sie gilt als Geizhals und eigentlich unsterblich. Doch kann der Tod sie ereilen, wenn die Seele getötet wird, die in einer Nadelspitze steckt, welche in einem Ei steckt, das wiederum in einer Ente steckt, diese in einem Hasen, dieser in einer Kiste und diese schließlich in einer Eiche, die auf einer einsamen Insel steht. Koschtschei zittert also vor der Nadel.

6 Das Russ. zielt hier auf den Mohren von Venedig, Othello, aus der gleichnamigen Tragödie William Shakespeares.

7 Frz. «Parole», «Devise».

8 Figur aus der gleichnamigen Komödie Molières (1622–1673) von 1664, der Inbegriff von Heuchelei und Bigotterie.

9 Figur aus mehreren Stücken Shakespeares, die Dostojewski hier nicht nur als trinkfreudigen Aufschneider versteht, sondern vor allem als jemanden, der parasitär auf Kosten anderer lebt und zu keiner eigenen Leistung imstande ist.

10 Vorderasiat. Gottheiten, die in der Literatur häufig Grausamkeit und Unerbittlichkeit symbolisieren sollen; auf Baal hat Dostojewski auch in den *Winteraufzeichnungen über Sommereindrücke* zurückgegriffen, um in ihm gleichsam unterdrückerische Kräfte zu symbolisieren.

11 Hier könnte der dt.-russ. Maler Andreas Leonhard Roller (1805–1891) Pate gestanden haben, der vor allem als Maler von Theaterkulissen bekannt war und sich um Maschinen im Eremitage-Theater verdient gemacht hatte; aus Anerkennung wurde ihm dafür 1839 von der Akademie der Künste der Titel «Akademiemitglied» verliehen, 1856 wurde er zum Professor für Perspektivmalerei ernannt.

12 Der auch im Original frz. Ausdruck bezeichnet eigentlich den ständigen Begleiter einer Dame, der sie mit Huldigungen und kleinen Aufmerksamkeiten beglückt, gewissermaßen der «Kavalier vom Dienst»; hier wohl im Sinne von «lediger junger Mann».

13 Die beiden Figuren verkörpern wie kaum ein anderes Paar der Weltliteratur das Sprichwort: «Was sich liebt, das neckt sich.» In Dostojewskis Werken gibt es zahllose Anspielungen auf Shakespeares Werke.

14 Im Original ital.

15 Dostojewski benutzt den dt. Ausdruck «Klepper», in Kyrilliza wiedergegeben. In verschiedenen Kommentaren zu russ. Ausgaben wird darauf hingewiesen, dass es sich dabei um eine dt. Pferderasse handelt. Vermutlich ist aber eher ein Estnischer Klepper gemeint – auch dies eine Bedeutung, die das russ. Wort hergäbe – bzw. ein Klepper, der im gesamten Ostseeraum verbreitet ist; auf keinen Fall ist es als «ausgemergeltes Pferd» zu verstehen.

16 Vermutlich eine Anspielung auf Reineke Fuchs; Michail Dostojewski hatte die Goethe-Fassung 1848 übersetzt.

17 Hier ist die Literaturwissenschaft uneins, ob der Name auf eine

Figur in Torquato Tassos (1544–1595) *Befreites Jerusalem*, auf Voltaires (1694–1778) Tragödie *Tancrède* oder auf Rossinis (1792–1868) danach entstandene Oper *Tancredi* zurückgeht.

18 Altruss. Helden- und Sagengestalt, die in zahlreichen Bylinen – mittelalterlichen russ. Heldenliedern – besungen und vor allem aus Wasnezows Gemälde *Die drei Bogatyre* bekannt ist. Man vermutet, für diese Figur habe es ein reales Vorbild gegeben. Bis heute hat sich die Gestalt im Bewusstsein gehalten, erst 2012 wurde in Wladiwostok ein Denkmal zu Ehren von Ilja Muromez aufgestellt.

19 Der Legende nach soll Ilja Muromez in diesem Dorf geboren worden sein, es gehört heute zur Stadt Murom im Gebiet Wladimir, knapp 300 km von Moskau entfernt.

20 Offizier, der in der Armee für die Beschaffung der Pferde zuständig ist; im Russ. teilweise auch im Sinne von «Pferdekenner» gebraucht.

21 Alte russ. Längenangabe; 1 Saschen entspricht 2,133 m.

22 Frz. «Das ist sehr ernst, meine Herren, lachen Sie nicht!»

23 Es handelt sich hier um zwei Helden aus Balladen von Friedrich Schiller (1759–1805): Delorge aus dem *Handschuh*, Toggenburg aus *Ritter Toggenburg*. Dostojewski und sein Bruder Michail verehrten Schiller von früher Kindheit an; Michail hat ihn übersetzt, Fjodor hat an einem vom gleichnamigen Stück inspirierten Drama *Maria Stewart* gearbeitet, es jedoch nicht vollendet. Im *Tagebuch eines Schriftstellers* hält Dostojewski fest, Schiller habe in der russ. Seele seinen «Stempel» hinterlassen.

Nachwort

Fjodor Michailowitsch Dostojewski (1821–1881) hat fünf dicke, sehr dicke Romane hinterlassen, vorher und zwischendurch auch noch ein paar kleinere und mittelgewichtige, dazu ein Bündel von insgesamt vierzehn Erzählungen, Texte meist zwischen dreißig und hundert Druckseiten; Gebilde, die im Einzelfall manchen Dostojewski-Lesern kaum weniger gelten als die häufig durch ihre Riesigkeit und Prätention, durch ihre sozusagen vorgelieferte Bedeutsamkeit manches Mal abschreckenden Dickleiber-Romane.

Während man bei diesen auch fast siebzig Jahre nach Thomas Manns spätem, aber doch noch richtungsweisendem Wort den «ganz großen Humoristen» Dostojewski immer noch erst entdecken, sozusagen durchsetzen muss, obschon diese Romane eigentlich evident und unmissverständlich Leitparadigmata humoristisch-realistischer Epik vorstellen, breitflächige Muster von Humor kraft ihrer «Phantastik», ihres «Mutwillens», ihrer «Lustigkeit des Geistes» (Th. Mann), ihrer diesbezüglich unerhörten Neuheit und Kühnheit – derweil gilt des inzwischen fast schon wieder (oder eigentlich schon immer?) beinahe unbekannten Russen kleinere, schmälere Erzählprosa, ihr Typus von Erzählung insgesamt, den meisten Lesern, Literaturprofessoren und sogar Verlagsstrategen durchaus als «humoristisch»; jedenfalls im Kern, in den mehreren Fällen – und soweit diese Leser nicht dito auch schon von gut hundert Jahren zumal deutscher Dostojewski-Legende ungut vorgebildet, verbildet und verstört sind. Genauer: vom Gerücht irgendwelcher vager Fama irgendeiner woher auch immer und eventuell wieder falsch aufgeschnappten Dostojewski-Fehllegende. Von wegen: Dostojewski als der ewige Gottsucher, düstere Schwerdenker, Mystiker, als der Russlanderneuerer, als der tiefgründelnde Psychologe des Verbrechens und mithin letztlich als nimmermüder Verbrechensbekämpfer.

Undsoweiter, undsofort.

Die in diesem Buch vereinten Erzählungen legen solche Fehltaxierungen bestimmt weniger nahe. Sie sind nicht durchgehend humoristisch-komische, aber doch insgesamt wesentlich, überwiegend exemplarische solche.

«Gnädiger Herr und allerteuerster Freund, bester Iwan Petrowitsch!», so hebt die erste Post eines Pjotr Iwanytsch an jenen Adressaten an, Auftakt einer seltsamen und neunteiligen Korrespondenz, die der erst 24-jährige Dostojewski etwa gleichzeitig mit seinem frühesten Roman, *Arme Leute*, unter dem Titel *Roman in neun Briefen* 1845 zu Papier brachte. «Roman» ist bei einer Länge von gerade mal 28 Seiten natürlich ironisch gemeint, Erzählung wäre schon eher richtig, und zu Recht erschien die Miniatur bis zuletzt meist unterm Rubrum «Sämtliche

Erzählungen». Ein Gebilde zwischen harmloser Humoreske und durchaus auch bösartiger Groteske haben wir vor uns, mit wohl absichtsvoll etwas unklarer Konstruktion – beim ersten Lesen ist das Ganze so leicht nicht durchschaubar. Es geht vom Start weg um «eine Frage von höchster Dringlichkeit», es geht um «Missverständnisse» und um 350 Silberrubel, andererseits aber auch um eheliche Treue, um den leidigen «Teergeruch» von Schaftstiefeln sowie um verloren gegangene Galoschen – es geht aber auch um «widerwärtiges Verhalten», ja angeblichen «Betrug» –, und erst langsam schält sich die Sache, der Grund des Briefwechsels als ein nur mühsam entschlüsselbarer Racheakt Pjotrs wider Iwan heraus, betreffend das intime und etwas unsaubere Vorleben beziehungsweise Eheleben beider Gattinnen – dabei letztlich jedoch um von Pjotr dem Iwan geschuldetes Geld.

Mit anderen Worten ist Thema aber die Absurdität, sind es die Tücken des Alltagslebens und deren Massierung, deren Vermehrung durch Briefe, durch die Briefkultur selbst. Die Entdeckung dieses Gegenstands als Folge der schon älteren Form des Briefromans ist nicht so sehr singuläre Leistung Dostojewskis – vielleicht aber steht der Russe damit am Beginn einer kleinen Serie von Carson McCullers bis zu Karl Valentin, in der das Misslingen von Briefen, deren Albernheit, selbst zum komischen Thema wird; auch ja in Prousts Riesenroman spielen scheiternde Brief- und Billettprozeduren eine nicht geringe Rolle. Dostojewskis zugleich recht wilde und aber auch noch ein bisschen schulmäßige Geschichte hat freilich schon mit der penetranten Spiegelbildlichkeit der Briefschreibernamen auch gewisse Züge, hier Doppelgänger-Anspielungen, der zumal deutschen Romantik adaptiert, andererseits – der *Don Quixotte* wird einmal leitmotivisch anzitiert – gemahnt das Spiel mit der inhärenten Komik von Literatur, hier Briefliteratur, ein paarmal sogar an frühe Samuel-Beckett-Romane. Insgesamt schlagen diese «Briefe unter der Maske der Freundschaft» auch sehr spürbar schon die Brücke und Bresche zu einem viel späteren und sonderlichen General a. D. des Dichters, Ardalion Alexandrowitsch Iwolgin aus dem *Idiot*-Roman, und seinen kleinen und großen Lebenslügen, mit ihren mal mehr harmlosen, mal beschwerlichen, ja sehr traurigen Folgen.

Wohl nicht gerade sein Meisterwerk: die 77-Seiten-Erzählung *Ein kleiner Held* des 28-jährigen Dostojewski, in den Mund gelegt einem schon reifen Herren, der sich an eine Art Ur-Erlebnis des Elfjährigen erinnert: «In diesem Augenblick endete meine erste Kindheit», heißt es final ein bisschen prätentiös, ja spekulativ.

Es handelt sich um zum Teil sehr zarte Beobachtungen über einen (erinnerten) Frühpubertierenden bei allerlei Vorformen von Liebe und Leidenschaft, wobei der (wiederum erinnerte) Knabe jedenfalls seinem späteren Wortlaut nach mehrmals «vor Scham glühte» – das Ganze in einer doppelten und insofern etwas wackeligen Erzähloptik. Besser, nachvollziehbarer, auch korrekter wäre die Geschichte zu erzählen gewesen, hätte der Erzähler auf die Ich-Form verzichtet. Heraus kam ein in die Breite ausgeschlagener Text mit unübersehbarer Neigung ins Amorphe: Dostojewski war als Erzähler eben noch durchaus am Lernen. Und das offenbar schnelle Herunterschreiben von Erzählprosa blieb letzten Endes lebenslang sein Problem, sein Manko – Manko aus der Überfülle von Einfällen heraus.

Die unverhältnismäßige *liaison dangereuse* eines Knaben, eigentlich noch Kindes, mit sogar zwei schönen und verheirateten Frauen wird einmal von seinem späteren Ich selber als «Witz» bezeichnet – ein andermal wird akzentuiert, wie das Kind in romantischer Ahnung der bösen oder jedenfalls überaus zweischneidigen Erwachsenenwelt förmlich erschauert, weil es der «Lächerlichkeit und Scham» preisgegeben war. Literatur über Kinder und Halberwachsene und ihre ganz besonderen Gefühle und Weltwahrnehmungen war 1849 noch immer ziemlich, wenn auch nicht mehr ganz neuartig.

Angetippt findet sich gleich zu Textbeginn wohl erstmals eins der späterhin so wichtigen, ja zentralgestirnigen Lieblingsmotive des Dichters bis hin zu den Paradeexempeln in den *Dämonen* und den *Brüdern Karamasow* sowie fast allen anderen Romanen: die Dostojewski'schen Feste. Dieses in dieser Erzählung schien «nur begonnen, um nie zu enden»; und in seiner endlosen Folge überwiegend platter Vergnügungen taucht gleichzeitig auch schon auf ein zweites, ebenso bedeutsames Favorit-Thema, das des Klatsches und Tratsches, auf: «Tratsch und Klatsch machten die Runde, wie sollte es auch anders sein, die Welt ginge ja sonst unter, und

Millionen würden vor Sehnsucht nach ebendiesem Gerede wie die Fliegen krepieren.»

Und dies, diese daraus zu folgernde grundsätzliche Heiligsprechung des Dümmlichen und Niedrigen, gilt noch ein Vierteljahrhundert später fürs Haupt- und Spätwerk des angeblich ständig so gottsucherischen, in Wahrheit aber halt vor allem sehr realistischen Schriftstellers.

Hier, in *Ein kleiner Held*, hat es, wie ähnlich dann auch in der *Krokodil*-Geschichte, schon als Pointe der Humoreske – eine Prosakomödie könnte man sie auch nennen – den später häufigen Dostojewski'schen Dreh: «auch wenn es sich wie blanker Unsinn anhört», schreibt er – lässt diesen aber trotzdem und gerade deswegen stehen. Als eine Art inkludente Widerlegung dieser und jeglicher Kunstanstrengung. Die, je nach des Dichters halb ausgesprochener Meinung, oft ja ohnehin eigentlich nur aus quasialltäglichen Salbadereien, Faseleien, aus (so wird es in den Romanen ein paarmal genannt) «Wortgeriesel» besteht. Und als solche Niedrigkeit tatsächlich nichts Geringeres als Kunst konstituieren möchte. Und das auch schafft. Meist jedenfalls. [...]

Sozusagen schon später Dostojewski ist die Geschichte *Die Sanftmütige* von 1876, diese ausdrücklich wieder *Eine phantastische Erzählung* untertitelt, das klang damals offenbar besonders attraktiv, ja verlockend.

Eine Ehegeschichte. Ein Ehekalamitätenauflauf. Die Geschichte einer Ehefrau, die zwar, was der Titel verspricht, eine fast übertypisch dostojewskitypische «Sanftmütige» ist, die aber im Verlauf der Ehe «das völlige Gegenteil von sich selbst geworden war: Mit einem wilden, angriffsfreudigen Wesen hatte ich es da zu tun gehabt, das ich zwar nicht gerade als schamlos bezeichnen würde, aber doch als aufsässig und den Kampf suchend. Geradezu auf Kampf erpicht. Ihre Sanftmütigkeit hat da natürlich bloß gestört».

Es geht vor und in dieser Ehe, ähnlich wie beim privaten Dostojewski um 1860 ff., allzeit um Geld-Geld-Geld als um die alles an sich reißende Kraft; es geht um Stelldicheins und Ehebruch und um Anfälle von «Raserei»; es geht um das moderne Tragische als das Absurde, als ein gesamtheitliches «Missverständnis» ohne die Chance einer Besserung, Reinigung, Katharsis. Zu tun ist dem 90-seitigen Text wieder um die Engführung des «Phantastischen» mit einem «höchsten Grad» an Wirklichkeitstreue. Der Verfasser der «Vorbemerkung» – offenbar nicht der Ich-Erzähler, auch nicht Dostojewski, die Sache bleibt etwas unklar – verheißt die Erzählung ausdrücklich als besonders «realistisch».

Sie handelt von jener Ehefrau, «einer Selbstmörderin, die sich ein paar Stunden zuvor aus dem Fenster gestürzt hat» und «auf dessen Tisch» in der Wohnung liegt, so teilt die Vorbemerkung ein bisschen kolportagesensationell mit – und tatsächlich ist diese Konstruktion im Ernst nicht recht zu halten. Interessanter als der arg wild-wirre und vom Laienautor, dem Ehemann und Pfandleiher, auch (absichtsvoll?) etwas wild-wirr erzählte Inhalt und Ablauf ist wohl die Formidee, über die wiederum die

Vorbemerkung aufklärt. Wie zum Beispiel schon bei Victor Hugo und seinem, so steht es da, «Meisterwerk» namens *Der letzte Tag eines Verurteilten* erlaube er, Dostojewski beziehungsweise eben ein Dritter, sich hier den gleichen «Kunstgriff» der Unwahrscheinlichkeit einer Niederschrift in Ich-Form, einer zudem sich «mehrfach» widersprechenden, nämlich «sowohl was die Logik als auch was die Gefühle angeht» – in der natürlich fiktiven «Prämisse eines alles mitschreibenden Stenographen», namentlich dieses «Erzählens [über] mehrere Stunden … mit all den Pausen und Sprüngen und in dieser verworrenen Form». Ansonsten hätte dieses Werk auch nicht funktioniert, «dann gäbe es das Werk selbst nicht» (Schluss der Vorbemerkung), ebenso wenig wie die Erzählung von Victor Hugo; und das wäre sehr schade, sei es doch das «realistischste und authentischste aller von ihm verfassten Werke».

Wie mutatis mutandis, hier des Autors von *Die Sanftmütige*, das wahrste auch Dostojewskis?

Das ist jedenfalls brav vom Dichter, dass er uns hier mal kurz Einblick in innerste Innereien, in die sonst von den meisten Lesern gar nicht bemerkten epischen Konstruktionsverfahren und -qualitäten bzw. Unmöglichkeiten und Absurditäten gestattet. Später, in manchen Romanen, in ihrer häufigen Melange aus Ich- und Er-Erzählform, tut er das nicht immer, eigentlich fast niemals. Da sind ihm solche Konstruktionsfragen und -dilemmata, Widersprüche und Unmöglichkeiten usw. meist komplett egal – siehe die ersten Kapitel des trotzdem vielleicht besten aller Dostojewski-Romane, *Die Dämonen* von 1871. Da sind ihm, wie den meisten anderen Romanautoren des 19. Jahrhunderts, solche Mängel der Werklogik beinahe allzeit nicht mal Quantité négligable. Sondern uninteressant. Den Lesern auch?

Man fährt insgesamt nicht schlecht damit, Dostojewskis Komik, seinen Humor, zunächst etwas schematisch in zwei Gattungen zu parzellieren. In den ersten großen Arbeitsperioden des Dichters dominierte im Allgemeinen, zumeist in kleinen Formen und Umfängen, der Erzähltypus, den man leicht pauschalierend als «Humoreske» bezeichnen könnte; den Dostojewski, auch bereits dem nimmermüden Lesebedarf seines schon recht etablierten, ihm gehörigen Publikums nachkommend, von älterer heimatlicher Literatur adaptiert hatte, von Gogol wie auch von Puschkin; was die speziell phantastischen, «schwarzen» Formen und Genres angeht, auch aus seinen deutschen Lektüreerlebnissen, vom überaus geschätzten E. T. A. Hoffmann vor allem. *Das Krokodil* etwa oder auch der *Roman in neun Briefen* gehören diesem kleineren, leichtergewichtigen, konventionelleren Typus an, der auch in diesem Buch hier überwiegt.

Im eminenteren Sinn humoristisch, dem begrifflich allzeit etwas zweischneidig meist sogenannten «Humor» dienend, ihn in neue Höhen treibend, ja in dieser besonderen Gestalt erst einmal begründend, wären aber vornehmlich viele Kapitel der fünf großen Romane; wenn diese auch nicht insgesamt wesentlich, sozusagen strukturell-überbaulich humoristische sind. Sie vorzüglich im

Auge hat Thomas Mann in seinem bis heute leider zu wenig gewürdigten kleinen Aufsatz von 1946, mit der Auszeichnung eines «ganz großen Humoristen».

Es geht da nicht länger um heitere Episoden, munter ausgeführte Anekdoten, schnurrige Satiren, all das, was zumal in Deutschland das Gerede vom «köstlichen Humor» begründet hat, ja zur manchmal schwer erträglichen Phrase degenerieren ließ. Sondern jenes andere und tiefere Humoristische inkliniert allzeit ins Wilde, Widersprüchliche, Chaotische, ja (um es schein-paradoxal zu sagen) ins Ernstliche, Existenzielle. Es geht jetzt um einen Humor, welcher signalisiert, beweist, manchmal gewitterartig erhellt, dass, wie die Dichter es ausdrücken, ein «Riss durch die Schöpfung geht» (Georg Büchner); zu tun ist es um den «tiefen Bruch, der durch das ganze Weltall dringt» (Friedrich Theodor Vischer), durch eine wer weiß schon «geborstene Welt» wider die vermeintliche und sichere und noch immer hochgehaltene «Würdewelt» (Gottfried Benn) – vielmehr hört man da «ein Weinen in der Welt, als ob der liebe Gott gestorben wäre» (Else Lasker-Schüler), ein «Weinen in der Luft» (Gustav Mahler, *Das klagende Lied*) – als gewissermaßen unhörbare Stimme und doch eherne Grundkonstante dieser letzten Endes nicht sehr wohnlichen Welt.

Großbeispiele für das Gefühl einer solchen zerklüfteten, geborstenen beziehungsweise nur noch mühsam zusammenhaltenden Welt wären in Dostojewskis Dickromanen etwa die endlose Vernehmung des Mörders Rodion Raskolnikoff durch den seltsamen Polizeibeamten Porfirij Petrowitsch in *Schuld und Sühne*; oder auch die gleichfalls ihr Ende nicht findende groteske Selbstmordepisode im Fall des Atheisten bzw. Atheismus-Raisonneurs Kirillow im *Dämonen*-Roman; im gleichen Werk auch die ziemlich undurchschaubare Brandstiftung am Ende eines chaotisch-lachhaften Russlandfeier-Festes; eines in diesem Sinn gleichfalls «humoristischen», im Rahmen einer sogenannten «literarischen Matinee» zugunsten der verarmten Gouvernanten, der notleidenden Studenten oder der sozialistischen Internationale oder weißderhimmelwem. […]

*Eckhard Henscheid**

* Bei dem hier abgedruckten Essay handelt es sich um die gekürzte Fassung des Nachworts zum Manesse-Band *Das Krokodil*, der zusätzlich noch die titelgebende Erzählung und *Eine peinliche Geschichte* enthält. Die Auslassungen sind mit […] markiert.

Editorische Notiz

Dem Autor Fjodor Dostojewski wurde häufig schlechter Stil vorgeworfen. Möglicherweise zum einen, weil er keine Scheu vor Wiederholungen hatte, möglicherweise zum anderen, weil er die Zeiten – insbesondere Erzählzeit und erzählte Zeit – im Sinne einer direkten, unmittelbaren Darstellung munter miteinander vermischte. Beides wurde in dieser Übersetzung nachgeahmt.

Dem deutschen Sprachgebrauch angeglichen wurde hingegen die im Russischen weniger strikte Zeichensetzung bei direkter, zitierter und gedachter Rede. Insbesondere Letztere, die gedachte Rede, ist häufig Interpretationssache, wenn der Autor sie nicht selbst als solche markiert. In der Erzählung *Die Sanftmütige*, in der Dostojewski mit hoher Kunstfertigkeit fließende Übergänge zwischen gesprochener, gedachter und Erzählerrede gestaltet, wurden nur an eindeutigen Stellen Anführungszeichen gesetzt.

Die ausgewählten Erzählungen vereinen Situationskomik mit Sprachwitz. Dieser Witz muss natürlich auch im Deutschen beim ersten Lesen «zünden» und sollte nicht durch Anmerkungen erst umständlich erklärt werden müssen. Es war daher im einen oder anderen Fall nötig, philologische Genauigkeit hintanzustellen und sich weiter als üblich vom Original zu entfernen. [...]

Die Kommentare zu den Texten und die Anmerkungen basieren vor allem auf der 30-bändigen Gesamtausgabe, die 1972 bei Nauka in Leningrad erschien und auch der Übersetzung zugrunde lag, sowie auf der Dostojewski-Enzyklopädie von N. N. Nassedkin (2008 Algoritm).

Inhalt

Roman in neun Briefen
5

Die Sanftmütige
33

Ein kleiner Held
113

Anmerkungen
183

Nachwort
193

Editorische Notiz
205